格安温泉宿を立て直そうとしたらハーレム状態になったんだけど全員人外なんだ

うみ umi Illustration NANA

してるんですか!?
咲 saki
おっとり天然な性格と
豊満な身体を持つ
デュラハン美少女。
自然と偶然が重なって
ハプニングに至る
天然のエロ娘。

海の家で宿の料理を紹介――
って、何を紹介
クロ kuro
古風な話し方をする褐色猫又少女。
普段は白猫の姿で宿のマスコットをしている
Hな妄想に耽り暴走するのが得意。
マリー marry
天真爛漫なお子様吸血鬼。外見通りの
純真さが逆に無防備なエロさを生むうえ、
好みの血を持つ相手には発情気味に。

ゆうちゃん殿……
お布団、温めておいたでござる♥

格安温泉宿を立て直そうとしたら
ハーレム状態になったんだけど
全員人外なんだ

うみ

角川スニーカー文庫

20769

CONTENTS

口絵・本文イラスト／ＮＡＮＡ
口絵・本文デザイン／ＡＦＴＥＲＧＬＯＷ

プロローグ

——ぽよよん。

とても柔《やわ》らかでふわっふわのマシュマロみたいな感触《かんしょく》が二つ、俺の背中へと伝わってくる。耳元には微《かす》かな甘さを伴《ともな》った吐息《といき》がこぼれてきて、俺の理性を激しく刺激《しげき》し……もうプチッとなる寸前だった。

「あっ」

「さ、咲《さき》さん！　大丈夫《だいじょうぶ》ですか!?　今何か背中に当たって、いや、俺は大丈夫じゃないですがあ！」

こ、混乱して俺は何を言ってんだか分かんなくなっている！

「ご、ごめんね勇人《ゆうと》くん、ちょっと失敗しちゃって……。次はもっと上手にやるね」

「もっと上手にヤるだってえ!?」

格安温泉宿の鄙《ひな》びた浴場で、背中を洗ってくれていた美少女からの積極的すぎる提案に、俺はくらくらしていた。ついでに背中はまだムニュムニュしている。

あたふたして頭を振《ふ》ったら、ふと何かが目に入る――。なんてことだ……バスタオルが俺の座っている椅子《いす》から直《す》ぐそばの床《ゆか》に落ちてるじゃねえか！

つ、つまり今密着してるのは、その、咲さんの生の……俺はゴクリと喉《のど》を鳴らし、当たっているマシュマロの感触をあらためて確認《かくにん》する。いや、待て待て！ 身体《からだ》を洗おうとして、手を俺の前にもってくるのをヤメてくれえ、あ、太ももにも泡《あわ》をつけて……そ、そんなに力をいれたら、ダメだ、そっちに手を伸《の》ばしちゃあ。当たる、当たるからぁ。

慌《あわ》てて身体を捻《ひね》り、彼女を止めようとした俺だが、勢い余ってバランスを崩《くず》しそのまま倒《たお》れ込んでしまう。

その先にいるのは、バスタオルを落とした咲さんで。もつれ合うようにして床に伏《ふ》した俺はふにゅんふにゅんへと思い切り顔を埋《うず》めてしまっていた。ついでに、俺の腰回《こしまわ》りを覆《おお》っていたタオルがはらりと解《ほど》け落ちる。うむ、今すぐ風呂《ふろ》に入っても問題ない恰好《かっこう》だ！ って違《ちが》う違う。ヤバイ！ このままではお子様には見せられない展開《シーン》になってしまう⁉

「すみません！ 咲さん、俺、そんなつもりじゃ！」

「大丈夫よ、勇人くん。別になんとも……って、ああ、だめ、いま顔をあげちゃダメえ！」

「ちょ、押さえつけないでえ！ 胸、胸にぃ！ おお、ここは桃源郷《とうげんきょう》かな⁉ って、咲さん力つええ！」

「んんっ、あんまりそこでしゃべらないで。くすぐったい」

恥《は》ずかしそうな咲さんの声と同時に、今度は咲さんの腕《うで》でふわふわクッションに顔を埋めさせられる。いったいどうなってるの!?　裸《はだか》を見られるよりこっちのほうがよっぽど恥ずかしいと思うんだけど？　おまけに、咲さんの声が少し離《はな》れたところから聞こえた気がした。

ううむ、ハプニングの連続で俺の頭がうまく動いていないみたいだな。

だがそこへ、舌足らずな幼女の声が響《ひび》いた。

「ゆうちゃん、何しているのー。私もまぜてー」

「その声はマリーか！　ちょうどいい、ちょっと手を貸し……ってぇ」

「えーい」

のしっ、とマリーの重みが背にかかり、顔を上げるどころかより押しつぶされた。

「マリーどいてくれ！　ってお前も、服着てないだろ！　いろいろ当たってるうあ！」

「お風呂だもん、あたりまえだよー。それよりゆうちゃん。わたし、ゆうちゃんにくっついたら、もう我慢《がまん》できなくなっちゃったー。ねー、ちゅーしていい？」

ビスク・ドールのような金髪碧眼《きんぱつへきがん》の美少女から、甘ったるくおねだりされてどうにかならない男がいると思う？　いいや、いないね！

「おま、ちょ、や、やめ」

「んっ、勇人くん、そんなに私の上で暴れないでってば……」

マリーは咲さんの声を無視してギュッと俺に密着してくると、可愛《かわい》い舌をツンと尖《とが》らせてつつつーっと首筋に這《は》わせてくる。やめろぉ。上と下から挟《はさ》まれている状態のときに刺激がつよすぎるぅ。

「いいよねー。ゆうちゃん。大丈夫、痛くしないからー」

いよいよ蕩《とろ》けた声になってきたマリーに身の危険を感じた俺は、非常に名残惜《なごりお》しい気持ちながら二人の美少女から身体を引き剥《は》がすと、乳白色の温泉が溜《た》まった湯船へと逃《に》げるように飛び込んだ。

ああ、こんなんじゃ理性がもたないぞ……。一体俺はどうしてこんな事になってるんだっけ――。

第一話　怪しい温泉宿へようこそ！

——ほんの数時間ほど前。

俺は岐阜県飛騨高山《ひだたかやま》に来ていた。

その理由は、温泉宿が軒《のき》を連ねるこの場所で一つ確かめたいことがあったからなんだ。

俺の一家は祖父の代から定食屋を営んでいるんだが、俺が小学生の頃《ころ》に祖父がどこから持ち帰って来た「謎《なぞ》の肉」を食べたところ、それがこの世の物とは思えないほど美味だったんだ。

おまけに肉の味自体も素晴《すば》らしかったんだけれども、それよりも俺が興味を引かれたことがある。

それは、祖父がその「謎の肉」を手に入れたという「温泉宿」のことだ。

祖父が迷い込んだのは江戸《えど》時代からそのまま放置されたようなボロボロの温泉宿だった。

そこには人とは思えないほどに美しく不思議な少女達がいて、賑《にぎ》やかに祖父を迎《むか》え入れてくれたそうだ。

美少女たちにぜひぜひ泊《と》まっていってくれと乞《こ》われたこともあり、ついつい三泊《ぱく》ほどその温泉宿で過ごした祖父は、お土産《みやげ》にその肉を持ち帰った。

実に変な話だと思うが、「謎の肉」という「証拠《しょうこ》」から想像するに、祖父が訪《おとず》れた「温泉宿」は本当にあるんじゃないかと俺は思っている。

だから俺はその温泉宿の実在を確かめたかったというわけなんだ。

俺は元々こういった不可思議な話が大好きで、友達や知り合い、実家の定食屋に訪れるお客さんから、奇妙《きみょう》な話があれば率先《そっせん》して聞くようにしていた。その中でも一番「本当にあるんじゃないか」と思わせたのが、この祖父が語ってくれた不思議な温泉宿だ。

ちょうど今は夏休みで、みんな冬に向けた受験勉強で忙《いそが》しいときだ。おまけに俺は調理の専門学校へ進学予定。だから、遊ぶ相手もいないし、時間は有り余っている……そんなきっかけがあって、「謎の肉」を持ち帰ったという不思議な温泉宿を探しに、飛騨高山の辺鄙《へんぴ》なところまで来たというわけなんだよ。

——といってもその温泉宿が飛騨高山のどこにあるか正確な位置までは分からない。山の中だと聞いていたので当てずっぽうに朝から歩き続けているけど、もう日も暮れてきたし都合の悪いことに霧《きり》まで出てきた。

元々土地勘《とちかん》がなく歩いていたものだから、俺は完全に道に迷ってしまう。おいおいどうしようと困りながらも歩いていると、行く手に古ぼけた温泉宿が目に入った。

おお、なんと都合がいい。

あの温泉宿に行って道を聞けば何とかなるだろうし、ひょっとしたら「探していた温泉宿」かもしれない！

そう思った俺は、古ぼけた宿の入口まで駆《か》け寄って行く。

ええと、看板には「朧《おぼろ》温泉宿」と書いてあるな。しかし、この温泉宿……相当年季が入っているなあ。

老舗《しにせ》というには褒《ほ》めすぎかと思うほどボロボロの木造建築で、せっかくの立派な看板にはたっぷりとほこりが被《かぶ》り、壁《かべ》の塗装《とそう》もすっかりはがれ落ちていた。

俺は少し不安《ふあん》に駆られながらも、温泉宿の暖簾《のれん》をくぐる。

◆◆◆

中は予想通りというか何というか。天井《てんじよう》のあちこちに蜘蛛《くも》の巣《す》が張り、壁もくすみ、一歩踏《ふ》み出すと床がギシギシと音をたてた。

入口から奥へ入ったところに、これまたボロい受付らしきカウンターが見える。んー、ロビーはそれなりに広いものの、椅子の一つも置かれておらず不気味さを感じるなあ……。

そして、受付には誰《だれ》もいない。

これが、祖父が語った温泉宿なのだろうか？　ホラーな空気は抜群《ばつぐん》だけど……。俺はいかにもな雰囲気《ふんいき》のある温泉宿の内装に少し興奮しながら、それ以上に「何か出そう」なこの場に恐怖《きょうふ》も感じていた。この空気にオカルト好きな俺のセンサーが反応している……？

「すみませんー！」

俺が大声で呼びかけると、奥の扉《とびら》が開き、俺と同じ歳《とし》くらいの女の子が顔を出す。シャープな印象をうけるすっとした輪郭《りんかく》に少したれ目気味の大きな目。鼻筋が通り、まるで彫刻《ちょうこく》家が自分の理想を詰《つ》め込んだような整った顔立ちをしている。それだったら美人という印象を受けそうだけど、目の印象からか美しさより可愛さが立っていると思う。おまけに、瞳《ひとみ》の色も素敵《すてき》だ。彼女は黒髪《くろかみ》だけど瞳の色が緑色なんだよ。でも不思議と違《い》和感《わかん》を覚えない。まあ、彼女に似合っている瞳の色ということなんだろうな。あれはカラーコンタクトかな？

絵物語の中から出て来たような美少女にあっけにとられた俺は、それ以上の衝撃《しょうげき》に襲《おそ》われていた。彼女はおそらくこの温泉宿の従業員なんだろうけど、服装に違和感がありすぎる……。

なんで、高校生が着るようなセーラー服なんだ？

彼女は艶《つや》やかな黒髪を黄色い髪ゴムでくくったポニーテールに、白と青というベーシックな色合いのセーラー服という出《い》で立ち。ちなみにスカートの丈《たけ》はかなり短く、太ももの半分くらいまでしかない。

しっかし……美少女の生足か……。おいおい、眩《まぶ》しいじゃないか。

これまで女の子とお付き合いするどころか手も握《にぎ》ったことのない俺にとって、このスカートの丈は少し刺激《しげき》が強い……。

彼女は俺を見とめると、軽くお辞儀《じぎ》をしてから俺のもとへと駆けて来た。勢いよく走るものだから、彼女はつるりと足を滑《すべ》らせる。ところが何故《なぜ》か彼女は慌《あわ》てて頭を押さえたから、よけいにバランスを崩《くず》して転んでしまった。

（キュピーン！）見えた！

ふふふ、俺の心のメモリーに純白の記憶《きおく》がひとつ刻まれたぜ。ありがとう。そして、ありがとう！

「お、お待たせしました！」

鈴《すず》を転がすような声音《こわね》を間近に聞き、俺はハッと我にかえった。

いつの間にか目の前に立っていた少女は、息を弾《はず》ませながら俺の両手をギュッと握ると、とても嬉《うれ》しそうな顔で身体《からだ》を寄せてくる。

うああ。少したれ目の大きな緑の瞳に見つめられ、プルプルした桜色の唇《くちびる》からは吐息《といき》がかかるほどの距離《きょり》まで近づいてきて……。

なにこれ、彼女の一目惚《ひとめぼ》れなの？　それともそういうお店なの？　お金そんなに持ってねえよお。

ああ、でも女の子の手ってなんでこんなに柔《やわ》らかいんだろ。しかも、彼女の手はひんやりとしてものすごく心地《ここち》いい。

いやいや待て待て、おかしいって。

いきなり手を握って来る従業員なんて普通《ふつう》いないだろお。勘違《かんちが》いして俺が恋《こい》したらどうするんだ？　いや、もう俺はここでゴールしたい……。

「素泊《すど》まりですか？　それとも夕飯をつけますか？」

彼女はグネグネする俺に動じることなく、じっと上目遣《うわめづか》いで俺を見つめてそう聞いてくる。こんな可愛い女の子が働いている温泉宿だったら、少し変なところがあっても泊まりたくなるよな！　俺だって男だし！

うんうん、それが普通だよ。それに、ここが探していた温泉宿という可能性も高いじゃないか。これはもう泊まっていくしかないだろう？

ひょっとしたら、「謎の肉」のことも彼女に尋《たず》ねればなにか分かるかもしれないし。うん、バッチリな理由じゃないか。決して今、俺の手が彼女の立派なふたつの膨《ふく》らみの上に添《そ》えられたからじゃないぜ？

「夕食付きでお願いします。おいくらですか？」

「四千二百八十円になります」

ん？　え、えええ。やけに安いぞ。それだと相場の半分以下じゃないか？

「あの、それって、食事付きなんですか？」

「はい、もちろん！　夕食と朝食がついてます！」

思わず考えたままを口にしてしまった俺に、少女はずっと俺を見つめたままで満面の笑《え》みを浮《う》かべて答える。うわあ、笑うとまた素敵だなあ……吸い込まれそうになる笑顔ってのは、まさにこのことだよな。

だから俺は、営業スマイルだと分かっていてもドキドキしてしまう。

しかし……こうも古ぼけた宿だからこそ、こんな格安料金なんだろうか。

俺の驚《おどろ》いた顔など気にもせず、彼女は笑顔で俺の手を引き受付カウンターの前まで俺を引っ張っていく。そのまま宿帳への記入を促《うなが》すと、

「お部屋の準備をしてきますね」

彼女はそう告げて、奥の扉に引っ込んでいった。

ふぅ……、俺がさきほどまでの幸運な出来事を反芻《はんすう》していると、不意にガチャリと奥の扉が開き、思わず身を竦《すく》ませる。

扉から出て来たのは、中学二、三年生くらいに見える美少女だった。

こちらの少女は、ウェーブのかかった金髪《きんぱつ》を左右で結んだツインテールに青い瞳、一流

の人形職人が技巧《ぎこう》を凝《こ》らしたような、整った愛らしい顔をしている。しかし俺の胸ほどまでしかない小柄《こがら》な体軀《たいく》で、おまけに目のやり場に困る服装なのが……。

というのも、彼女は白地に紫《むらさき》のレースをあしらった、肩《かた》が完全に出たキャミソールのような上着に、同じ柄《がら》のレースがふんだんについた短いプリーツスカートを着ているのだ。何て言うんだろう、このファッションはゴスロリファッションというやつだろうか。

とにかく上半身の布が少ないんだよ。まあ、胸の中央にあしらったコウモリのワンポイントは可愛《かわい》いけどさ……。俺はロリコンではないから、少し戸惑《とまど》っていたというわけだ。ロリコンではないからな。大事なことなので二度言った。

それはさておき……先ほどの少女と同じで、彼女の服装もおよそ温泉宿の従業員として相応《ふさわ》しいものとは言えない。もしかして、この宿のお客さんなのだろうか？

「君は？」

俺が尋ねると彼女は満面の笑みで、

「わたしー？　わたしはマリー」

と答えた。

「俺は筒木《つつき》勇人。よろしく」

「うん、よろしくー」

ビスク・ドールのように愛らしい金髪の少女――マリーは、俺の手を取るとブンブン上下に振《ふ》る。おいおい、そんな力いっぱい腕《うで》を振り回すと、キャミソールも揺《ゆ》れて中の肌色《はだいろ》が見え……てるじゃねーか。さっきも言ったが俺はロリコンじゃあ、ありませんので！

「ゆうちゃん、少し顔が赤いけど大丈夫《だいじようぶ》ー？」

俺の様子がおかしいと思ったのか、マリーはその無垢《むく》な青い瞳で俺を見つめながら、首をかしげる。

「ぶほっ。だ、大丈夫だよ。ところでマリーは、ここのお客さんかな？」

「ううん、ちがうよー。従業員さん！」

こ、こんな隙《すき》だらけのゴスロリ金髪幼女も従業員だって⁉

「じゃ、じゃあさっきの娘《こ》はどうしたの？」

「んー。咲《さき》さん？　咲さんは今、準備をしてるよー」

準備？　温泉宿なのに、お客が来てから部屋で何を準備するんだろう？　いや、温泉宿、怪《あや》しげなセーラー服、やけに安い宿泊料《しゆくはく》……まさか、まさかここはそういうサービスが売りの隠《かく》れ宿なのでは⁉　高校卒業前に、俺は大人の階段を登ってしまうのかー⁉　ダメですよ咲さん、お風呂《ふろ》はそんなことをする場所では……！

桃色《ももいろ》のめくるめく妄想《もうそう》に脳を支配された俺に、笑顔のマリーがまとわりついてくる。近い、近い。さっき見えたけど、このムニムニする感触《かんしよく》は膨らみかけですね！　おまけに偶然《ぐうぜん》首筋へキスされた。

んん、なんだかマリーの息が荒《あら》くなってないか？　流石《さすが》に夏休み中ポリスのお世話になるのは勘弁《かんべん》して欲しい。そう思い、やんわりとマリーから身体を離《はな》す。

そ、それにしても二人ともやけに気安いというか、積極的というか……なんだか少し違和感があるんだよな。ううむ、俺のオカルトアンテナがさきほどからビンビン何かを感じているんだけど……。

「お客様、お部屋の準備が整いました」

マリーとじゃれているうちに咲さんが駆け足でこちらに戻《もど》ってきた。また転ばないといいんだけど。って、おお、たわわがぷるぷると揺れている。

再びニヤついた表情を浮かべる俺を尻目《しりめ》に、マリーが咲さんへ声をかける。

「咲さん、お客様って名前じゃないよー。ゆうちゃんだよ」

「あ、俺は筒木勇人と言います」

マリーが口を開いたので、正気に戻った俺も続けて咲さんへ自己紹介《しょうかい》をする。

「勇人くん、私は咲。よろしくね」

「こちらこそ、よろしく」

急にフレンドリーな口調に変わった咲さんに少しドキッとしながらも、俺も敬語を止《や》めて彼女に応じ小さく頭を下げる。

「じゃあ、勇人くん。お部屋、案内するね」

「ゆうちゃんー。こっちこっちー」

俺は咲さんとマリーそれぞれに手を握られ、引っ張られる。え、ええ。また手を握ってくるの？　これもこの宿のサービスなの？

――案内された部屋は想像以上に普通だった。床《ゆか》には畳《たたみ》が敷《し》かれており、その数は八枚。部屋には仕切りがあり、仕切りの向こうは板の間になっており窓と小さな机に椅子《いす》が二脚《きゃく》置かれている。ぶっちゃけ、もっとボロボロかと思ってた。

室内はほこりっぽくなく、ロビーや廊下《ろうか》と違《ちが》ってしっかり掃除《そうじ》を行っているようだ。ちゃんと掃除が出来るなら他《ほか》も掃除したらいいのに。

「ありがとう。ところで二人に、少し聞きたいことがあるんだけどいいかな？」

「うんー」

俺が聞くとマリーがなになにーといった感じで応じてくれた。

俺はショルダーバッグを床に置き、中から若い頃《ころ》の祖父が写った写真をとりだして二人に見せる。彼女らは、身を寄せるように写真をのぞきこんできた。

むにゅむにゅと挟《はさ》まれながら身動きが取れなくなった俺は、仕方なく、成り行きに任せることにする。

い、いや、決してずっとこのままでいたくて、というわけじゃあないぜ？　っていかんいかん、ちゃんと質問をしないとな。

「ふたりは、その写真の人を知っているかな？」

俺の問いかけにマリーは「うーんうーん」と唸《うな》っていたが、咲さんは思案顔で指を顎《あご》に当てて何かを思い出している様子だ。

「あ、マリー。この人、健太郎《けんたろう》さんじゃない？」

「あー、健ちゃん？　確かにそうかもー」

おお、健太郎ってのは確かに俺の祖父の名前だぞ。

「知ってるのかな？」

「うん。以前に連泊《れんぱく》してくれたの。健太郎さんは私たちに料理を教えてくれたのよ」

咲さんが言うには、祖父はここで三日ほど滞在《たいざい》しその間に彼女らに料理を教えてくれたそうだ。ん？　直接彼女たちに教えていたわけじゃないだろう。だって、祖父がここに来たのは俺が小学生の時の話だもの。

だが、祖父が言っていた「温泉宿」は本当にあって、彼はここで「謎《なぞ》の肉」をお土産《みやげ》にもらったんだろう。こ、これは当たりじゃないか!?

「じゃ、じゃあさ、じいちゃんが持って帰って来た『謎の肉』もここにあるのかな？」

「お肉かあ。あるんじゃないのかな？」

咲さんの返答は要領を得ないけど、困ったように首を傾《かし》げる姿が最高にカワイイ。そして祖父がここに来ていたことは確定だ。探していた不思議な温泉宿にたまたま行き当たるなんて、俺は何て幸運なんだろう。

ってマリー、何でまたくっついてくるんだ？　やっぱり見た目相応に背負ってもらったりするのが好きなのかな？　それにしても、彼女のミルクのような甘い匂《にお》いにくらくらしてくる。

「マリー？　ちょ～っと離れようか」

主に俺の精神衛生上……。いくら幼いと言っても、ドールのように愛らしいこの娘に密着されるとだな……うん、分かるだろ？

「んー。あ、この部屋はねー健ちゃんが使っていたんだよー」

「え。そ、そうなのか」

「健ちゃんはねー、ほこりとか蜘蛛《くも》の巣《す》を取ってくれって言ってたから、この部屋はそうしてるんだよー」

マリーはゴロゴロと畳の上を転がり始めた。ほこりが服に付かないでしょうって言いたいんだろうけど、恥《は》ずかしくないんだろうか……完全に見えているぞ？　じゃなくて、格安温泉宿とはいえ、彼女たちにはズレというか、違和感《いわかん》を覚えるんだよなあ。

「そうだ。勇人くん、夕飯までまだ時間があるからお風呂へ先に入る？」

唐突《とうとつ》に咲さんがそう聞いてくる。美少女にお風呂を促されると、一人で入るとわかっていてもドキドキするな。

「う、うん。じゃあ、お言葉に甘えて、先に風呂に行くよ」

俺はショルダーバッグを開けると、着替《きが》え用のタオルと下着をとりだす。うっ、二人ともあんまりこっちをじっと見ないで欲しいな。

そのまま風呂に行くべく踵《きびす》を返すと、咲さんが再び手を握《にぎ》ってきた。

「じゃあ、案内するね」

嬉《うれ》しいんだけど、なんで毎回手を握るんだろう。やっぱりサービスの一環《いっかん》なのかな？

咲さんに手を引かれ進んで行くと、「湯」と書かれた暖簾《のれん》の前まで案内されたところで彼女と別れる。

暖簾をくぐるとそこは脱衣《だつい》場になっていて、何というか知識でしか知らないけど、昭和の風景と言えばいいのかなあこれは。

四角いボタンが二つしかない錆《さび》が浮いている扇風機《せんぷうき》、アナログ式のやたら大きな体重計、小銭《こぜに》を入れることで動くマッサージチェアと絵に描《か》いたような組み合わせだ。鏡つきの洗面台もちゃんとあって、古ぼけたドライヤーが置いてあった。

壁《かべ》には黄ばんだ温泉成分表が入った額がかかっている。

好奇心《こうきしん》に駆《か》られた俺は、動くか試《ため》してみようと扇風機の「入」ボタンを押してみると、ギギギギと危なそうな音を出して動き始めたから慌《あわ》てて「切」を押しておいた。

こんな可愛い娘《こ》たちがいるのに、施設《しせつ》がこれじゃあなあ。お客さんも来なさそうだ。

よっし、風呂に入ろう。俺は着ていたジーンズとシャツを脱《ぬ》ぐとカゴに放《ほう》り込む。そして、棚《たな》にあったフェイスタオルを持って、いざ風呂場へ向かう扉《とびら》を開いた。


——ガラッ！


風呂場も脱衣場と同じで古かった。青いタイル張りの床、壁には富士山が描《えが》かれており、お湯と水がそれぞれ出るタイプの蛇口《じゃぐち》に安っぽいプラスチックの桶《おけ》。湯船も昔ながらのタイル張りで、座ると肩《かた》の辺りまでお湯がくる少し深めのタイプだな。

しかし、湯船に備え付けられたライオンの口からはお湯が途《と》切《ぎ》れることなく吐《は》き出されている。ここもなんかズレてるけど、一応源泉かけ流しの温泉なんだな。

キョロキョロしながら足を進めると、濃《こ》い湯気の向こうの洗い場に人影《ひとかげ》が見えた。お、初めて会う他のお客さんだろうか？

「どうもー。となり失礼します」

「あ、勇人くん、待ってたよー」

「！？？」

俺の挨拶《あいさつ》に返事をしたのは、その豊満な身体《からだ》を丈《たけ》の足りないタオルで隠しただけの咲さんだった。どうして？　なんでここにいるんだ？　男湯だよな？

「きゃー。咲さんのえっち！」

「あ、ご、ごめんなさい。背中を流してあげようと思って」

咲さんが何を言ってるのかよくわからない。普通《ふつう》の温泉宿では女の子が背中を洗ってくれるサービスは無いと思うんだ。そうか、これは夢だ！　だって咲さんは恥ずかしそうにしてないし！

「あの、背中こっちに向けてくれるかな？」

「了解《りようかい》しましたー。ヨロコンデー」

考えることを止めた俺は、居酒屋風の返事をして言われるがままに咲さんへと背中を向ける。正直言って、泡《あわ》だらけのスポンジで美少女に全身を擦《こす》ってもらうのは、とても気持ちがよいものだった。

「よいしょ、よいしょ」

「あ、そこ、いい。気持ちいいです」

咲さんの一生懸命《いっしょうけんめい》な掛《か》け声に頭がぼんやりとしてきた俺は、されるがままになっていた。

そして――。

◆◆◆

最初に話をした状態になっている、というわけなんだ。

湯船に全身を沈《しず》めて、冷静さと暴走しかける身体の一部の落ち着きを取り戻すべく、脳内でお経《きょう》を唱え始める。

色不異空、空不異色、色即是空《しきそくぜくう》、色即、色色色欲《しきよく》……だあああ。色欲うう。引っ込んでえ。

「ぷはあ」

流石《さすが》に息が続かなくなり、水面から飛び出す。ゴメン！　咲さん、マリー。なるべく見ないようにするから！

だが、俺の目に飛び込んできたのは、肌色《はだいろ》の光景ではなかった。咲さんの……外れて転がる首だったのだ。

「うあああああ！」

俺は咲さんの生首を見てしまったことで、驚《おど》いて悲鳴をあげてしまう。そんな俺に彼女は首から上の姿で口を開く。

「ご、ごめんね。勇人くん」

「え、あ、いや。転がっているんだけど……平気なの？」

「あ、うん」

「俺が抱《かか》え上げてもいいのかな？」

「え……う、うん」

咲さんは頰《ほお》を少しだけ赤らめて、戸惑《とまど》ったように俺に返事をした。んん？　はて？

俺は恥ずかしそうな咲さんの頭を落とさないように、落ち着いて両腕《りょううで》を回すと胸に彼女の顔を抱《だ》く。

「このまま、首のところに降ろせばいいのかな？」

「……う、うん……」

俺は咲さんの頭を首から上へ乗せるべく手を伸《の》ばす。継《つ》ぎ目がきちんと合うようにじっと彼女の首元を凝視《ぎょうし》しながら……ってええ咲さん、顔が真っ赤になってるじゃないか。目をギュッと閉じて長いまつげを震《ふる》わせて、口元は何かに耐《た》えるようにキッと閉じている。これって……？

「咲さん？　大丈夫《だいじょうぶ》？」

「……う、うん、大丈夫なんだけど……は、恥ずかしい……家族以外にこんな姿を見せるなんて……」

裸《はだか》で密着してもずっと平然としていた彼女がここまでになるとは……離《はな》れた首をくっつける行為《こうい》ってのが彼女にとってはとっても恥ずかしいのか？

「こ、怖《こわ》くないの？」

やっと顔が普通に戻《もど》った咲さんは、上目遣《うわめづか》いで不安そうに聞いてくる。

「あ！ ああ、少し驚いたけど、怖くはないよ。昔から人と違う何かに会ってみたかったってのもあるけど」

「そ、そう！ 私を見て怖がらないなんて！ そ、それに首まで……」

ポッと頬を朱《しゅ》に染め、両手を頬に当てる咲さん。俺の胸がキュンキュンして。別の意味で倒《たお》れそうだよその表情！

彼女は感極《きわ》まったように湯船に入っている俺を抱きしめようとしてくる。

あの、まだ何も羽織ってないんですが。

俺が極楽《ごくらく》へ旅立とうとしていると、マリーがちょこんーと背に顔を寄せてきた。

「ゆうちゃん、さっきの続き。少しだけいいー？」

「背中、背中があ。ど、どうした、マリー？」

俺がなんとか声を絞《しぼ》り出すと、マリーは後ろから俺の肩に腕《うで》を回してギュッと密着し、
可愛《かわい》い顔を俺の耳元に寄せた。

「もうー分かってる癖《くせ》にー。いいー？」

歳《とし》不相応な蕩《とろ》けた息遣《いきづか》いが、俺の耳にかかる。焦《あせ》った俺は思わず彼女の顔に手をやると、
彼女は俺の手に猫《ねこ》のように頬を擦り寄せて来る。

「マ、マリー？」

「んー、なにー？　ちゅーしようよー」

俺がマリーの名を呼ぶと、彼女と俺の目が合う。

あれ、マリーの目が赤く光ってるじゃないか！

「うお！」

俺は驚いて叫《さけ》び声をあげると、二人の間からスルリと抜《ぬ》け、前かがみになって逃《に》げるように再び湯船へ入る。振《ふ》り返ると不思議そうに首を傾《かたむ》け、見つめてくる二人の美少女……この上なく可愛い。だ、だけど、少しは隠《かく》してえ。

「ゆうちゃんー、どうしたのー？」

「マ、マリー、いま、目が目が！　あれ、青色？　あれ、顔、顔近いって！」

「んー」

幼さの残る甘い声で俺の耳元で囁《ささや》くマリーだが、彼女が狙《ねら》っているのはなんだ？　まさか本当に俺とキスしたいってわけじゃあるまい。

マリーをこのままにしてはまずいと思った俺は、咲さんを仰《あお》ぎ見るが……彼女はなぜかじーっとこちらの様子を窺《うかが》っているじゃないか。

一体どうすりゃいいってんだよお。咲さん、見てないで何とかしてくれえ。

「マリー、勇人くんが『いい』って言わないとダメなんだからね！」

咲さんは「もう」といった風に肩を竦《すく》めてマリーをたしなめてくれた。

「いい」って言ったらどうなるんですかあ。マリーとは数年後がいいな……。まだ俺はお外で生活したいんだあ。

「もうー、咲さんー」

マリーはぷーっと頬を膨《ふく》らませて、不満を述べる。身体は離してくれたけど、うーん、話が見えてこないなあ……。

「ええと、どういうことなのか説明してくれると嬉しいんだけど……」

とりあえず何が何だか状況《じょうきょう》がつかめないから、彼女たちの事情を教えてくれると非常に助かる。

俺の言葉に咲さんは何かを言いたそうに口を開くが、思いとどまったように口を閉じた。言うかどうか迷っているのかなあ。

「ゆうちゃんー、わたしね、実は人間じゃないのー」

そんな咲さんの思いなど知った事じゃないとでも言わんばかりに、マリーはあっけらかんと自身が人間じゃないとぶっちゃけてきた。

「やっぱりそうだよなあ。目が光る人間はいないし」

俺はハアと大きく息を吐いた。マリーから話してくれるなら、彼女たちの正体を知ることができそうだ。

「うんー。わたしは吸血鬼《きゅうけつき》なのー。驚いたー？　でね、咲さんは――」

マリーが咲さんのことを話そうとすると、咲さんが言葉を重ねてくる。

「マリー。私の事は自分で言うわ。勇人くん、あのね。私もマリーと同じで人間じゃないのはもう知っているよね？」

「う、うん」

さっき見た咲さんの恥《は》ずかしそうな吐息《といき》と熱っぽい顔を思い出すと、顔が緩《ゆる》む。

一方、咲さんは真剣《しんけん》な顔で俺に語り掛けてくる。

「勇人くん、私はね、『首なし』とか『デュラハン』って言われる人外なの」

「そっかー。それでああなったんだねえ。ええと、咲さん、それって同じ種族？　なのかな？」

「あまり驚かないのね、勇人くん。さっきも……私の首を戻してくれたけど、平気なの？」

「あ、ああ。さっき言ったかもしれないけど、元々そういった人外とかオカルトに興味があったんだ。だから君たちにもすごく興味があるよ」

「本当!?　嬉《うれ》しい！」

咲さんは俺の返事に感動したのか嬉しそうな声をあげてから、両手を広げ湯船に座る俺の首へ両手を絡《から》めてきた。

それにしても、咲さんもマリーも、人外だから体温が冷たかったのか。ふにゅんふにゅんでひんやりとする。うん、悪く無い。むしろいい。

「あ、そうそう、勇人くん。質問の答えだけど、首なしもデュラハンも同じよ。人間が地域によって呼び方を変えてるだけよ」

「そうなんだ。ありがとう。興味はあるけど、知らない事が多くて」

「うん。それじゃ、今度もっといろいろ教えてあげるね」

咲さんと話していると少し落ち着いてきた俺は、温泉宿がいろいろと突《つ》っ込みどころ満《まん》載《さい》な理由が少しずつ分かってきた。それは、彼女達が人外で人間とは常識が違《ちが》うからなんだろう。

「咲さん。俺がここへ来たのは、じいちゃんから『不思議な温泉宿』があるって聞いたからなんだよ。『謎《なぞ》の肉』もそうだけど、オカルトに……話に聞いていた不思議な美少女たちに出会えたらなって」

「私たちのこと？」

「うん、予想以上にここは『不思議な温泉宿』だった。まさか咲さんやマリーが人外だったなんて驚いたよ」

「勇人くんが平気だって言ってくれて嬉しかったよ。そ、それに首まで……ね、ねえ勇人くん」

咲さんはさきほど俺が首を乗せたことを思い出したのか、少しだけ頬を赤らめる。

「な、なんだろう」

「ええと、この温泉宿の従業員はね、みんな私やマリーと同じ人外なの」

「なるほど、人間がいないんだ。じゃあ、なんで温泉宿の経営をしてるんだろ……」

その時、ガラリと扉《とびら》の開く音が響《ひび》き渡《わた》る。

「そこから先は妾《わらわ》が話をしようかの」

姿を現したのは、白の牡丹《ぼたん》の柄《がら》が入った黒地の着流しを羽織った美女だった。着流しの隙間《すきま》からはメロンのような膨らみとY字の谷間が見えていて、こちらも目のやり場に困る……。

美女は切れ長の目に色っぽい赤い唇《くちびる》、口元にはホクロがある夜の雰囲気《ふんいき》を感じさせる顔で、年の頃《ころ》は二十代後半といったところか。

「ええと、お姉さんは？」

「妾はトミーと言う。よろしくの。ええと、そなたは勇人だったかの？」

「はい。俺は筒木勇人です。トミーさん、よろしくお願いします」

「その呼び名は気恥《きは》ずかしいの。トミーか咲さんらと同じように、姐《ねえ》さんとでも呼んでおくれ」

「じゃ、じゃあ、トミー姐さんで」

「ふむ。それで頼《たの》む。それでだな、勇人。妾たちの目的はのう。この温泉宿に人を集めたいだけなのじゃ。金銭を得るために温泉宿を経営しているわけではないのじゃよ」

「ええと、人を集めて何をするおつもりで……」

人外とはいえ、まさか人を集めて食べたりなんてことはないと思うんだけど、彼女たちが何を考えているのかは、人間とズレがありすぎてわかんないなあ。

俺が若干《じゃっかん》失礼なことを考えている間にも、色っぽい唇を動かして、トミー姐さんは言葉を続ける。

「妾たちはな。人間と交流がしたいのじゃ。古くより所持していたこの土地に温泉が湧《わ》いておってのお。そこで、ここを温泉宿にすることで人を集めようと思ったのじゃが……」

トミー姐さんはそこまで話すと、悲しそうに目を伏《ふ》せた。そうだよなあ。こんな幽霊《ゆうれい》が出そうな温泉宿じゃあ人は集まらないよな……。

「ええと、それじゃあ皆《みんな》の目的は、純粋《じゅんすい》に人を集めて交流したいって理由だけなんでしょうか？」

「そうじゃ。あとはそうだの。できれば、彼女らのパートナーも見つかればよいなと思っておる」

「パートナー!?」

そ、それって恋人《こいびと》？　ってこと？　こんな可愛い子たちが恋人探しをしているって言うのか！　うおお。俺にもチャンスはあるのかなあ。

俺が思わず彼女達へ目を向けると咲さんと目が合う。彼女は微笑《ほほえ》んで、ひらひらと手をふってくれた。

「勇人くん。私たちはこの温泉宿をお客様で一杯《いっぱい》にしたいの。でも、私達人外だけだと……人が来ないの。それに、来てくれた人もすぐに逃げちゃうんだ」

「……」

俺は思わず絶句してしまう。そらそうだろ。思ったとおり「何故《なぜ》」客が来ないのかを分かっていなかったようだ。

「勇人よ。この宿に何故客が来ないのか、来たとしても逃げてしまうのかが、妾たちではイマイチ分かりかねるのじゃ」

トミー姐さんが咲さんの言葉を補足する。

さっき咲さんがこの温泉宿の従業員はみんな人外だと言っていたけど、そのせいで誰《だれ》も人間の常識が分からないってことかよ。

「ええと、お客さんが来ない理由はいくつもあると思うんです」

「なんじゃと！」

「そうなの？」

「んー？」

三人は口々に驚《おどろ》いた様子で俺の言葉に反応した。いや、最後の一人……マリーはそうでもないな。彼女はニコニコとこちらの様子を窺っているだけだ。

「ね、ねえ勇人くん、例えばどんなことなの？」

咲さんが驚きで目を見開いたまま俺に問いかけてきた。やっぱり手も握《にぎ》ってくる。

うーん、この際ハッキリと言っちゃっていいよな。俺はコホンとわざとらしく咳《せき》をすると、指摘《してき》すべき点を述べる。

「案内された部屋以外は蜘蛛《くも》の巣《す》が張っていてほこりまみれ、床《ゆか》はギシギシと鳴って今にも底が抜けそう。普通《ふつう》の人が宿泊《しゆくはく》するための施設《しせつ》は、もっと綺麗《きれい》にすべきだと思うんだ」

「蜘蛛の巣のどこが、だめーなのー？」

「ええ……」

いきなりの質問に思わず腰《こし》が砕《くだ》ける。マリーがフランス人形のような顔に不思議そうな表情を浮《う》かべて聞いて来るけど……。俺が咲さんとトミー姐さんの顔を順に見てみると、二人とも彼女と同じで不思議そうに首を傾けている。

ま、待て！　そこからかよ。

「蜘蛛の巣って、見てて落ち着くものじゃないの？」

咲さん……本気で言っているのか。

「蜘蛛の巣もそうだしー、音がなる床もおちつくのー」

「私はそうでもないんだけど、マリーもトミー姐さんもその方がいいって……」

咲さん、それならマリーにもっと突っ込んでくれよ！

なんてことだ……人外にとって蜘蛛の巣や音がギシギシ鳴る床は、インテリアなのかよ。

「普通の人間はほこり一つない清潔な環境《かんきょう》が好きなんですって！」

「なるほどのお。我々の好みと人の好みは違うということか」

トミー姐さんはふむと頷《うなず》きながら呟《つぶや》く。

「え、ええ。こうオンボロの建物じゃ、誰も好んで入りませんよ。あとはお風呂《ふろ》の様子もおかしいし、もしかすると料理も……」

「そ、そうなのじゃな……」

「ゆうちゃん、すごーい。ものしりなんだねー」

「勇人くん、そうだったのね！」

こ、これはダメそうな気がすごくするんですけど。じゃ、じゃあやっぱりあの服装もそうなのか？

「あ、あと……『普通』温泉宿って従業員が着る制服ってのがあるんですよ。例えば二部式着物とか、法被《はっぴ》とか」

俺はスマホで画像を見せようとしたんだけど、お風呂にスマホは持ってきていなかったから、口でこんなもんだとざっくり説明を行う。

すると彼女たちは感心したように「うんうん」と頷き、時折手まで叩《たた》くほど興味深く俺の説明を聞いてくれた。

「勇人くん、ロビーで着ていた服はね、制服だって聞いてそれで用意したの」

咲さんー！　制服ってそれ違う意味の制服だから！　俺はてっきり彼女が学校から帰ったままの姿で接客しているのかと思ってしまったよ。

そんな服を着ていて手なんて握ったりしたら……。逆にお客がいなくてよかったのかもしれない……。

「それは、高校……人間の通う学校で着る制服だよ。咲さん」

「そうなんだ……」

この様子だと、風呂に入って来たこととかも良かれと思ってやってるんだろうな。

「なるほどのお。いろいろ問題点があるのは分かった。感謝するぞ。勇人」

トミー姐さんは嬉しそうに顔をほころばせて、俺の手にその手を重ねる。あ、やっぱり冷たい。

「そ、そういえば、トミー姐さんも人外なんですよね？」

「いかにも、妾も人ではない。見ておれ」

トミー姐さんの言葉が終わると同時に彼女から白い煙《けむり》があがり、煙が晴れると立っていたのはまさに人ならざるものだった。

縦に瞳孔《どうこう》が開いた目に、口からはチロチロと顔を出す先端《せんたん》が二股《ふたまた》に分かれた舌。そして何より、下半身が蛇《へび》だ……。上半身は人間、下半身が蛇。それが彼女の真の姿だった。なるほど着物なのはそのためか。ん、それって穿《は》いてない？

「やはり、あまり驚いた様子がないの？」

トミー姐さんは肩《かた》を竦《すく》めるが、そんなことはない。驚いてはいるさ……ただ咲さんやマリーを見た後だし、ひっくり返るほどでもないことは確かだ。

ええと、この姿からすると彼女は……。

「トミー姐さんは蛇女か何かですか？」

「お、詳《くわ》しいの。いかにも、妾は蛇女じゃ。好物は酒。ここでは料理人をやっておるが、人の料理は難しいの」

「へぇ、料理をされてるんですか？」

「うむ。しかしのお。健太郎から教わったもの以外、人間の料理というやつはイマイチよく分からないのじゃ」

「ええと、どんな料理を？」

「そうじゃの。見てもらった方がはやいかの」

トミー姐さんは俺の言葉を待たず蛇女の姿のまま大浴場から出て行った。

あれ？　ま、待ってトミー姐さん！　立ち去る前に二人に服を着るようにくらい言ってくれ！　よく考えたら俺たちずっと裸《はだか》だぞ⁉

「咲さん、マリー。俺はお風呂から出て一回部屋に戻《もど》るよ。その後食堂に顔を出すから」

「うん。トミー姐さんの準備ができたら部屋に行くわね」

「ありがとう。ところで、お風呂から出るまで、ふたりとも後ろを向いててくれるかな？もちろん、俺も見ないようにするから」

◆◆◆

顔を火照《ほて》らせたまま逃《に》げ帰るように部屋に戻ると、既に布団《ふとん》が敷《し》かれていて、俺のショルダーバッグは窓の傍《そば》にあるテーブルの上に移動してくれていたようだった。

いやあ、すごい体験だった。咲さんたちが人外だったってこともそうだけど、彼女達と触《ふ》れ合った感触《かんしょく》の方が印象に残っている。思い出すとすぐにでも顔が緩《ゆる》みそうだよ……。

おや、布団の真ん中で白猫《しろねこ》が丸まっているな。この部屋がこの白猫の住み処《か》なのかな？

これまで驚きの連続だったし、自他共に認める猫好きでもある俺は、癒《い》やされたいなあと思い白猫の傍に座る。そして、白猫の両前脚《りょうまえあし》に手を挟《はさ》み込みそのまま持ち上げてみた。

「あ、メスかー」

俺の独白に対し白猫が恥《は》ずかしそうに身体《からだ》をゆらすと、ニャアと声をあげた。うーむ、驚かしてしまったのかなあと思いながら、俺は布団の上に彼女を下ろしてやる。

猫って基本抱《だ》きかかえられるのは嫌《いや》がるし……。俺は布団の上で再び丸まってしまった白猫の機嫌《きげん》を取ろうと、喉《のど》を指でゴロゴロしてみる。するとこれは受け入れてくれて、彼女は気持ち良さそうに喉を鳴らした。

うはーヤバイ、やっぱ動物って癒やされるよなあ。このモフモフした感じがたまらん。

俺はそのまま彼女の首を撫《な》でると続けて背中もナデナデする。彼女も気持ち良さそうに目を細め、尻尾《しっぽ》をパタパタ上下に振《ふ》っていた。

ううむ、尻尾……触《さわ》りたい……たしか猫って尻尾の付け根が気持ちよく感じるんだったっけ。俺が彼女の尻尾の付け根をさわさわナデナデすると、突然《とつぜん》白猫は急に毛を逆立てて立ち上がり、そのままヘナヘナと大の字になってうつ伏《ぶ》せに倒《たお》れ込んだ。

その時部屋の扉《とびら》が開き、マリーが顔を出した。

「あー、ゆうちゃんーえっちー」

「え？　猫を触っていただけだけど？」

俺は大の字に倒れている白猫に目をやりながら、マリーの言葉もあながちまちがってないかなあと考える……。

「ゆうちゃんー、準備できたってー」

「おお、じゃあ食堂に行こうか」

俺はマリーと一緒《いっしょ》に部屋を出ると、ちょうどうまく途中《とちゅう》で咲さんと合流して食堂に到《とう》着《ちゃく》した。

◆◆◆

やっぱり食堂も古いしズレてるなあ。目の前には公民館にあるような折り畳《たた》み式の横長の机とパイプ椅子《いす》が並んでいて、奥にはキッチンに繋《つな》がるカウンターがある。お、トミー姐《ねえ》さんの姿がここから見えるぞ。彼女はまだキッチンで料理を作っている最中みたいだな。着流しで料理はしないだろうと思ってはいたが、彼女はなぜか太ももくらいまでの長さがあるエプロン一枚の姿だった。予想外すぎるだろ。後でエプロンについても説明しとこうかな……。

俺がぐるりと食堂の様子を見回していると、奥から十二歳くらいの少女が顔を出しオドオドした様子でこちらへとやって来る。

少女は一目みて人間ではないと分かった。なぜなら、狸《たぬき》のようなオレンジと黒色のマーブルカラーの耳と尻尾が付いているからだ。彼女は少し陰《かげ》のある感じだけど、同じ色の髪《かみ》をおかっぱ頭にしていて、アーモンド形の目に引いたオレンジ色のアイラインが麻呂眉《まろまゆ》と相俟《あいま》ってとても可愛《かわい》らしい。

大人しそうな雰囲気《ふんいき》にも見えるんだけど、薄《うす》い茶色のホットパンツにおへそが見えるチビTと服装からは快活な感じを受けて、なんだかギャップが……やはり人外の少女たちはどこかがズレてるみたいだな。

「……こんにちは……ボクはユミ……」

マーブルカラーの狸耳と尻尾の少女——ユミはボソボソッと小さな声で俺に挨拶《あいさつ》をしながらペコリと頭を下げた。

うーん、聞き取りづらいけど、精一杯《せいいっぱい》挨拶したのだなと感じた俺は、純粋《じゅんすい》に微笑《ほほえ》ましい気分になる。小さい子が頑張《がんば》ってる姿って、なんか、うん、いいよな。

「はじめまして、俺は筒木勇人」

俺が挨拶を返すと俺の手を引っ張っていたマリーが会話に割り込んでくる。

「ユミはー、いろんなものに変身してわたしたちを助けてくれるんだよー」

「へ、変身できるんだ……どんな種族なんだろう？」

「……ボクは……化け狸の中でも変化《へんげ》が得意な佐渡島《さどがしま》の一族……大抵のモノに変化可能……」

ユミはボソボソと呟くように説明してくれた。なるほど。そういうことだったのかあ。

変化ってのを見てみたい気もするけど、無理にお願いしてやってもらっても何だか見世物《みせもの》にしてるみたいで嫌だなあ。

今の姿は可愛いし、微笑ましいからそれはそれで俺的には問題ないぜ。

狸の尻尾をフリフリと左右に振りながらユミは座席に俺を案内してくれる。うおお、たまらん。あの揺《ゆ》れている尻尾をモフモフしたい！

「……あっ、の……」

「ハッ！」

モフモフの魅力《みりょく》で、俺は無意識にユミの尻尾を触っていたようだった。彼女は狸耳をペタンと頭につけて顔を真っ赤にしているではないか。

「ご、ごめん、つい。すごく可愛くて魅力的だったから――」

「……いえ……」

俺は真っ赤になってペタンと座り込んでしまったユミの手を握《にぎ》って立たせてやる。少し嬉《うれ》しそうに見えるのは気の所為《せい》だろうか。そんなふうに表情を窺《うかが》っていると、今度はピコピコと動く狸耳が目に入った。あ、思わず彼女の頭を撫でてしまった。ああ、またやってしまったと思いながら彼女の様子を窺うと、彼女は少しビクッとして驚《おどろ》いた様子を見せている。

でも、手を払《はら》うこともなくじっと俺を見つめてくるから、調子に乗った俺がナデナデを続けると、彼女は目を細めてされるがままになっていた。

俺の手が離《はな》れると、ユミは頰《ほお》を赤く染めてはあーと息を吐《は》いた後、パイプ椅子へ腰《こし》かけるよう俺を促《うなが》す。

俺がその席に座ると、続いてマリーが俺の膝《ひざ》の上にちょこんと腰かけ、え？　膝の上？

「マリー、何故《なぜ》そこに……？」

俺は美少女の重みを膝に感じて少しドキドキしながらもマリーに突《つ》っ込む。すると彼女はテヘへと頭をかいてくるりと身を翻《ひるがえ》した。

「じゃあー、反対側へ行くねー」

「ま、まて、そのまま机の下を通るんじゃない！」

「えー、なんでー」

「み、見えるから」

「ゆうちゃん、そんなに見たいのー？」

ほ、ほんと羞恥心《しゅうちしん》ってもんがないな、マリーは。コロコロと笑いながら向かいの席に着くマリー。次いでユミがマリーの隣《となり》に腰かけ、咲さんが俺の隣に座った。咲さん、もう少し離れて座ろうね……。その時、ちょうどいいタイミングでトミー姐さんから声がかかる。

「勇人、出来たぞ！　今持っていかせるからの！」

キッチンからトミー姐さんの声が聞こえると、カタカタと何かが揺れる音がこちらに近づいてきた。

お盆《ぼん》の上に料理を載《の》せて運んできてるのかなあ。それにしてもここまでカタカタ音をたてるってどんだけお盆を持つのが下手《へた》なんだ。

トンと音をたてて俺の後ろからお盆が置かれたので、俺は持ってきてくれたことにお礼を言おうと振り返り――。

「ぬああ！」

振り返ると、人骨がカタカタ音を立てて首を傾《かたむ》けてるじゃないか。

あの理科室にあるような骨格標本が動いてる!?

「骸骨《がいこつ》くんだよー」

マリーが驚く俺に説明してくれるけど、それだけじゃ何のことか分からんぞ。

「骸骨くんは力持ちでとっても丈夫《じょうぶ》なの。アンデッドだから寝《ね》なくても大丈夫なのよ」

「そ、そうなんだ……それってずっと働いてるってこと？」

「そうね」

咲さん、それって人外とはいえブラックってレベルじゃねえぞ。闇《やみ》が深すぎる……。俺が彼？　に悲しみの目を向けると、なぜかグッと指先を突き出してきた。

うん、とにかく動く骨格標本が骸骨くんだな。よっし把握《はあく》した。

「よろしく、骸骨くん」

俺の挨拶に骸骨くんはカタカタと体を揺らし応じてくれた。たぶん「よろしく」って言ってるんだよな？

「ほら、勇人くん。冷める前に食べてね」

咲さんが立ったままの俺の袖《そで》を可愛く引っ張ると、机に置かれたお盆に目をやる。

お、そうだな。この温泉宿の料理を食べてみようじゃないか。一体どんなものが出てくるのかドキドキだぜ。

目の前のお盆には塩を振って焼いただけの肉の塊《かたまり》が置かれていた。ず、随分豪快《ずいぶんごうかい》な料理じゃないか……俺は乾《かわ》いた笑い声を出してしまう。

大抵《たいてい》の客に「雑です」って言われちゃうような料理だよ。ともかく、食べてみよう！

「じゃあ、いただきまーす」

じーっと俺を見つめている四人が気になって仕方ないけど、手を合わせて塩を振っただけの肉の塊へフォークを突き刺《さ》し口に運ぶ。

んん!? な、何だこの味は！　この鶏肉《とりにく》、これまで食べたことのない旨味《うまみ》だ。これは……高級地鶏《じどり》と比べても天と地ほどの差があるぞ。

この歯ごたえ！　嚙《か》んだ時に広がるジューシーで深い味わい……こんな旨い鶏肉がこの世にあったのか。

「おいしい！　これはおいしいぞ。どこの鶏肉なんだろうこれ？」

「にわとりさんー」

「いや、鶏肉なのはさすがに分かるけど……。産地とか種類とかさ……」

「ん？　ダンジョンにいるにわとりさんだよー」

「ダンジョン？」

「うん、ダンジョンー」

まったく会話にならねえ……。これも人とのズレなのか？　ダンジョンって何なんだよお。意味が分からない。いや、マリーに聞いた俺が悪いのか。

俺は気を取り直して咲さんに聞いてみる事にする。

「咲さん、ダンジョンって何だろう？」

「ダンジョンはね、この温泉宿の地下に入口があるのよ。そこにはいろんな生き物が生息しているの。この鶏肉もそこで狩《か》って来たものよ」

「咲さんたちが獲《と》って来たの？」

「そうよ。でも勇人くんは人間だから一人で行ったら危ないわよ」

これほどに美味《うま》い鶏肉を食事で提供すれば、きっと来てくれたお客さんは満足して帰ってくれると思う。口コミで人もたくさん呼べるだろう。これはそれほどのものだ。

しかし、ダンジョンか……どんな存在なんだろう？　ゲームでよくあるあれ？

「咲さん、ダンジョンのことはよくわからないけど、この鶏肉なら温泉宿の大きな『武器』になるよ」

「ゆうちゃんダメだよー人間を襲《おそ》ったらー」

「マリー、そういう意味の『武器』じゃない。温泉宿の大きな強みになるってことだよ」

お約束のボケをありがとうと突っ込みを入れようと思ったけど、マリーはきっと本気でそう思ってるんだろうから、ちゃんと誤解を解いておくことにした。ズレたままでいるのは今後の接客上よろしくない。

誤解したままだと、愛らしいフランス人形のようなツインテールの美少女が、鶏肉を手にもって人間を攻撃《こうげき》するなんてことが……あ、ありそうで怖《こわ》い。

「あー、でも、あれか。ダンジョンで狩猟《しゅりょう》してくるってことなら……あんまり量は獲れないのかなあ」

「あのね、勇人くん。ダンジョンの生き物は、倒しても一定時間たつとまた出現するのよ？」

「な、なんだってえ！　リポップするのか!?　それって無限に獲れるってこと？」

「え？　何か変かな？」

咲さんは俺の言葉が理解できないといった風に小首を傾《かし》げる。うーん、可愛いじゃないか……ってそうじゃない。これがどれほど有用なのか彼女たちは分かってないんだな。

無限に食材がとれるダンジョンという場所……。この鶏肉だけでも勝負になるぞ。もしかしたら、他《ほか》の肉が獲れたり野菜なんかも穫れるかも。なんという宝の持ち腐《ぐさ》れだ……。

俺は大きく息をつくと立ち上がり、咲さん、マリー、ユミ、そして骸骨くんの顔へ順に目をやって口を開く。

「みんな。この温泉宿は内装がボロボロだったり、料理が少しおかしかったり、従業員の制服がアレだったりするけど、ここには『ダンジョンの食材』という人を宿に呼ぶための大きな強みがあるんだよ。俺が子供の頃《ころ》に『謎《なぞ》の肉』の味で覚えたような感動を、他の人にも体験してもらえれば――」

「勇人、そなたの持つ『人間の常識』は得難《えがた》いものじゃ。もっと詳《くわ》しく聞かせて欲しい。聞こえてきた言葉を察するに、そなた……料理もできるのじゃな？」

いつの間にか俺の横に立っていたトミー姐さんが、切れ長の目で俺を見つめてくる。そんなに直視されると照れるんだけど……。

「は、はい。まだ未熟ですけど、実家の定食屋で手伝いはしてました」

「それは心強い。どうかの？　その『人間の常識』で妾《わらわ》たちを助けてくれんかの？」

「あ、いや、俺はただの高校生なので、この温泉宿を『たくさんのお客さんで一杯《いっぱい》にすること』にそこまで役に立てるかどうか……」

「いや、そなたは『妾たちを恐《おそ》れない』。それに『人間の常識と妾たちの常識を比べて推《お》し量ることができる』。それだけでも得難い助けじゃよ。さらに料理の知識まであるのじゃろう？」

トミー姐《ねえ》さんは俺を絶賛してくれるけど、ん、なんか俺に視線が集中している気がする。

隣を見ると咲さんがキラキラした目で俺を見つめているではないか。つい俺が咲さんに見惚《みと》れている間に、マリーが俺の手を握ってくっついてくる。

「ゆうちゃんー」

続いて、ユミも俺の服の裾《すそ》をギュッと摑《つか》んで、

「……ボクも、キミにいてほしい……」

とお願いしてきた。おお、こんな小さい子たちに潤《うる》んだ目で頼《たの》まれると、グッとくるな。

骸骨くんもカタカタしてるし。これは「頼む」って言ってるのかなあ。

「勇人くん、手伝ってくれないかな？　きっと勇人くんと一緒《いっしょ》ならうまく行くと思うの」

咲さんが胸の前でギュッと両手を握りしめて、俺を見上げる。

本当に困ってそうだし、言われたくらいの手助けなら、俺でも役に立てそうだ。

何より、ダンジョンの食材には俺も真剣《しんけん》に興味がある。「謎の肉」自体はまだ見つかってないしな。ま、まあ、彼女たちは可愛《かわい》いし、ここまで頼《たよ》られると悪い気はしない……ふふ、こんな風に可愛い女の子たちに囲まれるなんて生まれて初めてだからな。

「そうじゃな。なんなら礼に、妾の胸くらい触《さわ》らせてやってもよいぞ。人の男はそういうのが好きなんじゃろう？　あるいは咲やマリーの方がよいか？」

ぶっ。思わず吹《ふ》き出す。純真な男子をからかわないで欲しいぜ。もう決心は付いている。

「分かりました！　お手伝いさせてください！」

「そなたに感謝を」

「ありがとう！　勇人くん！」

「わーい」

俺が了承《りようしよう》すると、トミー姐さん、咲さん、マリーの順に口を開き、寡黙《かもく》そうなユミでさえ嬉しそうに歓声《かんせい》をあげる。さらに、嬉しそうに飛び跳《は》ねた咲さんとマリーが俺に左右から抱《だ》きついて来た。

あ、咲さん、そんな勢いよく抱きついたら胸が……じゃない、首がズレてる。俺がそっと彼女の首を元の位置へ戻《もど》してあげると、咲さんは耳まで真っ赤にして恥《は》ずかしがりながら小さな声で「ありがとう」と言ってくれた。

うーん、人外とはいってもやっぱり可愛いんだよなあ。

「ちなみに、これで従業員は全員なんですか？」

俺が尋《たず》ねると、マリーが口を挟《はさ》む。

「ううんー、あとクロがいるよー」

「あと一人いるんだ？」

「うんー」

あと一人、人外さんがいるんだな。どんな人なんだろうなあ。そのうち会えるかな？明日にでも紹介《しようかい》してもらおう。

「勇人よ、人間たちは何か仕事を手伝ってもらうのにお金を使うのじゃろ？　多少ではあるが朧温泉宿にも蓄《たくわ》えはある」

トミー姐さんは柔《やわ》らかそうな胸の谷間に手を入れてモゾモゾとなにかをまさぐっている。手首まで隠《かく》れるのはすごいな……。

ブルンと大きなスイカが上下に震《ふる》えると、差し込んでいた彼女の手には札束が握《にぎ》られていて、俺の前にその札束をドンと置いた。

こ、これ、封《ふう》が切られていない百万円の札束じゃねえかよ。

「こ、これは？」

「この宿を立て直すには、いろいろ準備も必要じゃろう？　しばらくここに住んでもらわねばならんし、そなたの私物代も含《ふく》めてじゃな」

待て待てえ。いきなりこんな大金必要ないだろう。金銭感覚もズレているのか。

「必要な分だけ、都度使いますから……」

俺は二枚ほど一万円札を抜《ぬ》き取り、トミー姐さんへ残りを手渡《てわた》す。着替《きが》えくらいは買わないとな。

「勇人くん、私たちはまず何からやればいいのかな？」

咲さんがさっそく温泉宿の改善について尋ねてくるけど、もう時間も遅《おそ》いから備品や飾《かざ》りの買い出しを行うには厳しいし、これから掃除《そうじ》や床《ゆか》の修復作業というのも微妙《びみょう》だ。

いずれはダンジョンも見に行ってみたいな……。簡単な計画を立てて、明日から立て直しを始めよう。

「咲さん、今日はもう遅いから明日からにしよう。まずは掃除とか最低限の改装とか……服とかの買い出しにも行きたいなあ」

「すごい！　勇人くん、そんなにすぐいろんなアイデアを考え付くなんて！」

咲さんの反応がすごい……そんな大したこと言ってないんだけど。ううむ、人外の人たちは長寿《ちょうじゅ》らしいから、時間間隔《かんかく》がズレていて、のんびりとしているのかなあ。

よっし、明日からまずこの宿を「人間が来ても違和感《いわかん》のない温泉宿」にしていこう。まずはそこからだな。

◆◆◆

意気込んで部屋に戻ると、さきほどの白猫《しろねこ》が再び布団《ふとん》で丸まって寝《ね》ていた。くっ、ダメだモフりたい。ええいー、俺はそっと白猫の喉《のど》に手をやりさっきのように撫《な》で始める。彼女はゴロゴロと喉を鳴らし、気持ち良さそうに琥珀《こはく》のような目を細めた。

「よしよし、お前も可愛いなー。……明日は、掃除をする前にクロって人を紹介してもらおうかなあ」

「あっ、あん……尻尾《しっぽ》はダメでござるう」

「ふふん、根本か？　根本がいいんだろお」

「ダ、ダメえですううう！」

ついノリノリでワシャワシャしたのはいいが、ここにはクタッと倒《たお》れた白猫しかいないんだけど……はて？

「一体どこから声が？」

「っ、あ……ハアハア……わ、吾輩《わがはい》です」

「ん？　うおお、猫がしゃべったあ!?　えええええ！」

突然《とつぜん》白い煙《けむり》があがったかと思うと、布団に突っ伏《つぷ》し、上気した顔だけをあげてこちらを窺《うかが》う少女の姿。

絹糸のようなふわふわできめ細かい銀髪《ぎんぱつ》と、同じ色の猫耳。よく日に焼けた褐色《かっしょく》の肌《はだ》に琥珀色の瞳《ひとみ》は、活発そうな印象を受ける。吊《つ》り目が潤んでいてなんとも艶《なま》めかしい。

「はうぅっ……まだ余韻《よいん》が。わ、吾輩は猫ではござらん、猫又《ねこまた》のクロです」

「おお、君が最後の一人だったのか。俺は筒木勇人。よろしくな。ところでそ、そんなことより服を」

着てくれないかと、俺は慌《あわ》てて顔をそらす。猫から人に化けたら、そりゃ裸《はだか》だよね。

「吾輩、服は着ません。さっきからそうです」

「ま、待て、立つな、そのまま、そのままで。うぇい、うぇい」

「ゆうちゃん殿《どの》はもう既に発じょ……」

「だあ、待てえ、言うなあ！」

可愛い女の子がなんてこと言いだすんだ。俺は両手で頭を抱《かか》えると、無理やりクロに布団を被《かぶ》せる。

「ゆうちゃん殿、さっきから大胆《だいたん》でござる……このまま吾輩……あんなことや、こんなことを！」

ポッと顔を赤らめ、顔を半分だけ布団から出した猫耳少女のクロは、自身の妄想《もうそう》で悶《もだ》え始めた。

どうすりゃいいんだよこれえ。しっかし、思わぬところに最後の一人がいたものだ。

俺はひとまず身悶えるクロを放置し、洗面所まで歩いて歯を磨《みが》き再び部屋に戻ってきた。

すると、先ほどまで布団の上にいた猫耳少女の姿が無い。

猫だけに気まぐれなのかな？　いろいろあったが、疲《つか》れたし今日はもう寝るとしよう。

「ゆうちゃん殿、ご一緒していいですか？」

「ん？」

布団に入ったら、白猫形態のクロが布団の中で丸まっていた。ま、猫の姿ならいいかな。

――そう思い、布団に入るとクロが俺の方へ擦《す》り寄ってくる。寝ぼけていた俺はそのまま彼女を抱《だ》っこして寝ていたんだ。

しかし数時間後……暑さで目が覚めてしまった。夏だもんなあ。なんとか再び眠《ねむ》りにつこうと寝返《ねがえ》りをうったところ、手元がふにゅん、とした。

ふにゅん？

何だろう？　俺が目を開けると……。

「猫耳少女の方になってるじゃねえか！」

俺の声に反応したのか、一糸まとわぬ人間形態のクロがパチリと目を開ける。

「ゆうちゃん殿ぉ……どうしたでござるか？　ちゃんと抱きしめて欲しいです。安心するのでござる……」

「その姿でくっつくのをやめろお」

小さいながらも二つのふにゅんとしたおもちが俺のお腹《なか》に！　なんてことだ……知らないうちに裸の女の子とベッドインしてたとは！

「もっとギュッとしたほうがいいですか？　もう、ゆうちゃん殿は大胆でござるね」

「こ、こいつも話が通じてねえ！」

ガバッと布団を捲《まく》り飛び起きた俺に、猫耳少女の暴走が加速する。

「ゆうちゃん殿がヤル気に！　い、いけませぬぞお、ゆうちゃん殿お」

「ちょ、おま！　お、落ち着けえ！　言ってる事と違《ちが》ってお前から近づいてきてるじゃねえか！」

その後、こんこんとクロに説教をかました俺は、明日も早いのだから猫の姿で寝ろと言いつけ、ひとり布団に包《くる》まって、羊を数え始めた。

羊さんが一匹《びき》い、二匹《ひき》い、マシュマロも二個お、おもちも二個お、ついでにメロンも二個お……。

◆◆◆

気が付くと朝になっていた……。昨夜は色々ありすぎて、最後の方は何を考えていたかイマイチ覚えてないいんだけどまあいいか……。

ちなみに、クロはきちんと白猫に戻っていて、枕元《まくらもと》で丸まって熟睡《じゆくすい》している。まあ、わざわざ起こすのもアレだし寝かしておくか。

部屋を出てロビーまで足を運ぶと、既《すで》にセーラー服姿の咲さんが短いスカートのまま、受付カウンターをぞうきんで拭《ふ》いていた。他《ほか》に客がいないからいいが、チラチラして気が気ではない。入口付近ではユミが変化《へんげ》したであろう箒《ほうき》が宙に浮《う》いてパタパタと床を掃除している。

「ゆうちゃんー何見てるのー？」

この声はマリーか。音も立てずに後ろに立って声をかけるのは止《や》めてほしい。驚《おどろ》くからな。あと、ちゃんと服を着ろ。いや、待て。ブラを着けてないってことは、まだ必要ないってことなのかな？

「い、いや。なんでもない」

慌ててその場を取り繕《つくろ》っていると、俺達の会話に気が付いた咲さんが立ち上がって俺たちに手を振《ふ》ってくる。

「おはよう。マリー、勇人くん」

「おはようー」

「おはよう咲さん、ユミもおはよう」

咲さんの挨拶《あいさつ》にマリーと俺は順に挨拶を返す。ユミが変化した箒も左右に揺《ゆ》れて挨拶をしてくれた。うーん、朝から華《はな》やかでいいね！

よおし、やるかー。俺は集まっているみんなにスマホで有名旅館のサイトなどをみせながら、普通《ふつう》の人が喜んで来てくれそうな外観や部屋の綺麗《きれい》さについて説明する。

よし、次は掃除の見本だな。俺はさっそく、予備用のぞうきんを手に取った。すると、マリーが何やらじーっとぞうきんを見て考え込んだかと思うと、ポンと手を叩《たた》く。

「ゆうちゃんー。わたしがお掃除するよー」

うん？　さっそく手伝ってくれるのかな？　って、マリーがキャミソールの肩紐《かたひも》に手をかけると、外側にひっぱってそのまま脱《ぬ》いでしまった。

「待て、マリー。なぜ脱ぐ？」

思わず真顔で突っ込む。

「んー？　これはー、肩紐がないタイプなんだよー。わたしの好きな紫色《むらさきいろ》とお星さまなのー」

「い、いやそういうことじゃないんだ。掃除するのに服は脱がなくていいんだ」

「え？　ゆうちゃん、お掃除するんでしょ？」

マリーは俺が必死に目を逸《そ》らしているのに、ちゃんと話そうとわざわざ俺の前に来て尋《たず》ねる。礼儀正《れいぎただ》しいのはいいが、今はまずいんだあ。これも後で教えねば！

「くそっ。今日も話が繋《つな》がらねえ！　誰《だれ》か説明してくれえ。スタッフー！」

頭を抱える俺の肩に、ぽんと手を添《そ》えた咲さんが一言呟《つぶや》く。

「勇人くん、見た方が早いわよ」

「咲さんも、まったく動じてませんね！」

「じゃあ、行くよー」

動揺《どうよう》する俺をよそに、マリーが両手を広げると彼女から白い煙があがり、大量の黒いコウモリが煙の中から出てくる。

「うお。さ、咲さん、これは？」

「大丈夫《だいじょうぶ》よ」

予想外の状況《じょうきょう》に、俺は思わず咲さんに抱《だ》きついてしまう。咲さんは「大丈夫」と言いつつ、俺を落ち着かせるように背中をポンポンと叩いてくれた。

俺がビックリしている間にも、突如《とつじょ》現れた大量のコウモリが洗剤《せんざい》やウェットシートを足に摑《つか》んであらゆるほこりを拭きとっていく。すぐに真っ黒になったウェットシートを取り換《か》えながら、天井《てんじょう》の蜘蛛《くも》の巣《す》も、細い隙間《すきま》に入り込んだゴミも、壁《かべ》の汚《よご》れも、全《すべ》てがみるみるうちに綺麗になっていくのだ。

数分もかからないうちにロビー中がピカピカになると、コウモリたちは客室の方へ向かって行った。きっと廊下《ろうか》も客室もあんな感じで綺麗にしていくんだろう。

「さ、咲さん、あれは一体？」

「マリーよ。マリーは吸血鬼《きゅうけつき》だからコウモリになれるのよ」

「吸血鬼すげぇな！　宿の掃除《そうじ》に数日はかかると思ってたけど、この調子ならすぐに終わっちゃうんじゃないか？」

「うん。あ〜あ、私もマリーみたいに役に立たないとなあ」

感心する俺を見て、咲さんは少し羨《うらや》ましそうな顔で、ほこり一つない床《ゆか》へ目を落とす。

俺が咲さんに何か言わないとと口を開きかけた時、受付カウンターの上に置いてあった古ぼけた黒電話がものすごい音をたてて鳴り響《ひび》いた。

　咲さんは慌てて黒電話へ手を伸《の》ばす。が、勢いよく受付カウンターへ体を乗り出してしまったから首がズレた。俺は慌てて彼女の後ろから首を支えたが、女の子の顔に触《ふ》れるという事態に少しドキドキしてしまう。

　ポニーテールの黒髪《くろかみ》からはなんだかいい匂《にお》いが漂《ただよ》ってきて鼻孔《びこう》をくすぐるし。

「はい、朧温泉宿です。え？　あ、はい」

　少し声が上ずっている咲さん。最初は嬉《うれ》しそうな顔をしていたのに、その表情がだんだん沈《しず》んでいく。

「さ、咲さん？　どうしたの？」

「うう、間違《まちが》い電話だったみたい……」

「そうだったんだ……でも、このままだとお客さんが帰っちゃわないか心配だったし……」

　うーん、今の宿の状態でお客さんを迎《むか》え入れるのはちょっとなあ。

「掃除したのに、ダメなの？」

　咲さん、今日も顔が近いー。そしてやっぱり手も握《にぎ》ってくるのね。いや、嬉しいですけど。

　だが俺は、彼女たちに少し残酷《ざんこく》で、大切なアドバイスをしなければならないのだ。

「咲さん。この宿の一番の問題は、咲さんやマリーら従業員なんだけど……」

「私とマリーのどこが？　あ、私はそうかも……」

咲さんは暗い顔になり倒《たお》れそうになるものだから、慌てて身体《からだ》を支える。うっわ、柔《やわ》らかい。ってこれは不可抗力《ふかこうりょく》ですから！

彼女を悲しませたくない一心で、俺は自身の頭をコツンと叩くと、咲さんの手を引き彼女を立たせる。こんなこともあろうかと、昨晩少し考えていたことがあるのだ。

「咲さん、大丈夫だよ！」

「私、すぐに首が取れちゃうんだ……人間が見たら驚いちゃうよね」

「それが取れないようにすればいいんだよ」

「ええ？」

ええと、どうしようか。俺は浮いている箒に目を向けると、彼女へ声をかける。

「ユミ、何か首を縛《しば》るようなモノに変化できるかな？」

俺の言葉を聞いた箒のユミから白い煙《けむり》があがると、人型に戻《もど》った。

「……うん、できる……」

ユミはボソッと呟くと、再び白い煙があがり、俺の手のひらには首用の革《かわ》ベルトが載《の》っかっていた。こ、これは見た目が背徳的だが……。

俺はさっそくその革ベルトを咲さんの首に巻き付ける。いけないことをしているようで指が震《ふる》えてしまったが、咲さんは恥《は》ずかしそうにしながらも受け入れてくれた。

「これで、首が取れなくなるんじゃないかな？」

「あ、うん。確かにこれならいけそう！」

「おお！」

あの様子だと、首を何かで留めるという発想がなかったんだろうなあ。まあ、デュラハンなら首が外れる方が自然か。最近のアニメでもそうだし。俺は納得《なっとく》するように深く頷《うなず》く。

「ありがとう！　勇人くん！」

感極《きわ》まった様子の咲さん。すると彼女は突然《とつぜん》俺の頬《ほお》へ口づけしようとして、寸前で動きをとめた。

「ご、ごめんね。勇人くん、つい……」

「うえ？　あ、ああ。うん」

俺は咲さんのような美少女にならほっぺにチューされても一向に構わないんだが。いや、でも何かそういう意味ではないような？　咲さんが何かを我慢《がまん》しているようだったから、これ以上突《つ》っ込むのはよしておこう。首筋がチリチリするし。

咲さんは、顔を真っ赤にして頬を手で覆《おお》っていた。

「ん、もう大丈夫。えっと、他にもいっぱいやることがあるのよね？」

「うん、でも先に聞いておきたいんだけど、マリーも昨日さ、赤い目になって光っていたじゃない？」

俺が呟くと、いつの間にか背後に立っていたマリーが俺へ声をかける。

「よんだー？」

「うおっ。マリー、後ろを取るのは止《や》めてくれって……。いつ来たんだ？」

「えへへー、コウモリを一体ここに置いておいたんだー。だから聞こえてすぐだよー」

「す、すごいな……ところでマリー。昨日、目が光っていたじゃない？」

「うんー」

ん、話をしているうちにマリーが背中に抱きついてきて、俺の胴《どう》に足を回して密着してくる。相変わらず子供っぽい行動で微笑《ほほえ》ましいが、何故《なぜ》かとても嫌《いや》な予感がするぞ。

「マ、マリー？」

「ゆうちゃんー」

マリーは俺の呼びかけを気にした様子もなく、俺の首につつつーっと舌を這《は》わせてきた。おまけにいつの間にか目の色が青色から赤色になって光っているじゃないか。なるほど、光る目を近くで俺に見せてくれたってわけか？　し、しかし、なぜマリーは興奮した様子なんだろう。

「こら、マリー。勇人くんが『いいよ』って言わないとダメだからね」

咲さんがマリーをたしなめるように、彼女をグイッと引き剝《は》がす。

「だってー、ゆうちゃんが赤い目を見たいってー」

「それだけなら、勇人くんに触れると赤くなるじゃない？」

「ぶー。光らないものー、それにちゅーしたいー」

「ちゅー？」

そういえば、昨日も風呂場《ふろば》でそんなことを言っていたな。まさか……。

二人は俺の声に反応してこちらに目を向けた。

「マリー、その目はどういうことなんだ？」

「んー。これはねー。興奮して身体が熱くなるとー赤くなるのー」

「光るのは？」

「光るのは『もうがまんできないのー』って感じ？」

ほほう、我慢できないのかー。幼女にそんなことを言われる日が来るとはなー。それは、きっと……あれだろうあれ。吸血鬼と言えば——。

「ちなみに何が我慢できなくなるのかなー？」

俺がおどけた態度で聞くと、マリーはコテンと可愛《かわい》らしく首を傾《かたむ》けて口を開く。

「んー。それは『ゆうちゃんの』血だよー」

「俺の血かよ……」

「だってー、とってもおいしそうなんだもの。少しだけでいいから。ね？」

やっぱり、人間の血はおいしいのかよお。

　マリーは我慢できなくなったのか、今度は勢いよく前から抱きついて来た。少しほっぺを膨《ふく》らませた咲さんがすかさずマリーを引っぺがすけど、逆に咲さんの方がバランスを崩《くず》して俺の胸に倒れ込んでくる。

「さ、咲さん」

「勇人くん……」

　俺と咲さんの距離《きょり》はお互《たが》いの息遣《いきづか》いが分かるほどに近い……そのまま咲さんが唇《くちびる》を寄せてこようとした時……。

「だめー」

　そこへマリーが再び後ろから俺に覆いかぶさって来る。その勢いに、今度は俺が咲さんをそのまま押し倒してしまった。

　今日も柔らかサンドイッチの具になるのか……そんなアホな考えが頭を巡《めぐ》るほど正気を失いかける中、それでも彼女たちに悪いという思いから、必死で脳内悪魔《あくま》の声と闘《たたか》う。

「私はマリーと違《ちが》って、勝手に吸わないから！」

「えー、そんなこと言って、さっきー」

「気のせいよ。気のせい」

　その前後で、二人は何やらアブナイ会話をしていた。

「ゆうちゃんー、咲さんもちゅーしたいみたいー」

「ちょっと、そんなこと言ってないわよ」

このままでは、昨日のお風呂場の二の舞《まい》だ。だが、顔をマシュマロで塞《ふさ》がれた俺は、ムームー言うことしかできなかった。

マリーは俺が答えない事をいいことに、俺の首へ小さな舌を再び走らせる。

「ちょっとだけー」

「こら、マリー」

「咲さんも、ちょっとだけーしたらいいじゃないー」

「でも……ちゃんと聞かないと。あの……勇人くん、シてもいいの？」

あああああ。このままではまずい。二人が暴走しても困る。とにかく一度彼女たちの希望を聞いて、上手《うま》く対応しなくては。俺は必死で顔をあげると答えを返す。

「う、うん……不安だけど、ちょっとだけならやってもいいよ」

「やったー」

「本当に？　ありがとう、勇人くん」

マリーは可愛らしい口を広げて俺の首筋にちゅー……いや、牙《きば》を立てるが、痛みは全く感じられなかった。それよりも恍惚《こうこつ》としたマリーの顔が気になって仕方ないんだけど……。

血を吸うのが気持ちいいのかな。俺、吸血鬼《きゅうけつき》になったりしないよね？

マリーが口を離《はな》すと、今度は咲さんが頬を赤らめて俺を熱っぽく見つめて来る！

「ど、どうすればいいかな……」

「あ、あのね。キ、キスして欲しい」

「え？　俺と……？」

「うん、嫌だよね……私みたいな人外だと……」

「いや、そんなことないよ！」

よくわからないけど、咲さんみたいな美人となら大歓迎《だいかんげい》っすよお。

ものすごく心臓が高速で波打っているけど、俺は咲さんの肩《かた》を両手で掴《つか》み、彼女と見つめ合う。彼女は潤《うる》んだ瞳《ひとみ》で俺を見つめた後、目を閉じる。

咲さんは目をつぶったまま背伸《せの》びして俺の顔へ自身の顔を寄せてくる。その動きに合わせて、俺は彼女の唇へそっと口を合わせた。ほ、本当にキスしてしまった……。ん？　咲さんが俺の唇を舌で開いてくる!?

俺にとっては人生初めてのフレンチなキスで……しかし、さっきまであれほど興奮していた頭が急速に冷静になっていく……どういうことだ？

「んっ」

すぐに咲さんの口が離れるけど、うわ、これまともに顔が見れないぞ。咲さんは人外だから恥ずかしくないのかな？

「んん、特に何ともないな。むしろ頭が冴《さ》えて来た気がするぞ」

「ちょっとだけーだからー」

マリーがまだまだ不満といった顔をしながら、指で「ちょっとだけ」とアピールする。

「まあ、マリーの目の仕組みが分かってよかったよ。あれなら少し工夫《くふう》すれば、お客さんの前に出ても平気そうだ。それで、咲さんも何か吸ったのかな？」

俺が咲さんに目を向けると、彼女はまだ余韻《よいん》に浸《ひた》るようにボーッとしながらも、俺の方へと笑顔《えがお》を向けた。

「うん、ご馳走様《ちそうさま》、勇人くん。えっと……キスしたとき、勇人くんの『MP』というのかな、『生気』？　を少しだけもらったの」

それって、俺の興奮を吸い取ったってこと!?

「それでスッキリしたのかなあ？」

「た、たぶん……」

「ははは。まあ何ともないし大丈夫《だいじょうぶ》だよ。ところで、咲さんはその生気？　を吸わないと生きていけないのかな？」

「ううん、ものすごくおいしい食べ物という感じかなあ」

「そ、そうか……おいしかったのかな？」

俺がそう問いかけると咲さんは頬《ほお》を赤く染めてうっとりとした表情になる。もうその顔を見ただけで分かってしまうよ。

ま、まあ……俺も咲さんとキスできて嬉《うれ》しかったし。ただ、お客さんからMPを吸い取るのは我慢してもらわないと。絶対にお客さんが来なくなっちゃうぞ。いや変なのは来るかもだが、そんなのは許せん。

「勇人くん、また今度、お願いできないかな？」

俺はこれも人外助けなんだと自分を納得《なっとく》させ、腕《うで》を組んで神妙《しんみょう》な顔を作り頷《うなず》きを返す。

「ありがとう、勇人くん！　それで、すっかり横道にそれちゃったけど、お掃除《そうじ》も終わったみたいだし、次は何をするの？」

よかった、咲さんたちも大切な目標は忘れてなかったらしい。

「ん、暗くならないうちに買い出しに行きたいな。咲さんたちの制服とか揃《そろ》えたい」

「わーい、お出かけー」

俺は咲さんとマリーに近くに買い物ができる店がないか尋《たず》ねてみるけど、ホームセンターは車で十五分くらいかかるらしい。車はトミー姐《ねえ》さんと骸骨くんしか運転できないみたいだから、俺はトミー姐さんに車を出してくれるよう頼《たの》むと、すぐに了承《りょうしょう》してもらえた。やっぱり骨格標本の運転する車では人前には出られないもんな。

もちろん全員に人型になってもらってから、咲さん、マリー、ユミ、トミー姐さんの四人と一緒《いっしょ》に「朧温泉宿」と書かれたワゴン車に乗り、衣料品量販店《りょうはんてん》が入っているという大型ホームセンターに向かうことにしたんだ。

◆◆◆

ホームセンターの駐車場《ちゆうしや》は田舎《いなか》の駐車場らしく、平面でだだっ広い。ワゴン車を停車させ、全員が車から降りるとトミー姐さんが俺の肩をポンと叩《たた》く。

「勇人、妾《わらわ》とユミは宿泊《しゆくはく》客用の食料品を買い出しに行ってくるからの」

トミー姐さんはそう言うと、ユミと一緒に別行動となった。なるほど、ここで仕入れをしていたのかあ。うーん、俺も見に行きたいところだけど、今回は我慢《がまん》だ。

トミー姐さんは黒に縦のストライプが入ったパンツスーツに身を固め、白のワイシャツがはちきれんばかりに膨らんでいた。あ、胸の部分ね。

着流し以外の服も着るんだ。あのまま外へ行くのか少し心配だったけど安心したよ。俺はそんなことを考えながら、食料品売り場に向かうトミー姐さんとユミの姿を見送った。

「んー、行こうーゆうちゃんー」

……とそこへマリーが俺の左腕《ひだりうで》にしがみつき、上目遣《うわめづか》いで俺を見つめる。目、目は？あ、赤だけど光ってない。よかった。

「マリー、目が光ってないな」

「うんー、褒《ほ》めてー」

多少触《さわ》っても平気になったのかな？

「長時間触《ふ》れても、大丈夫になったのか？　マリー」

「ううんー、ゆうちゃんだからだよー」

マリーの言葉に心が揺《ゆ》れるが、俺の感じていることと彼女が思っていることはまるで違うことは分かってる。分かってるんだけど、「俺だから」って言われるとドキッとするもんなんだよ。

「よおし、よくがんばったマリー」

「えへへー、じゃあ、ナデナデしてー」

マリーは俺に頭を差し出してくる。俺は彼女のふわっふわの金髪《きんぱつ》をそっと撫《な》でると、彼女は猫《ねこ》のように目を細め俺の服の裾《すそ》をキュッと握《にぎ》った。

「えっと、マリー、外でそんなにくっつかれると恥《は》ずかしいというか何というか」

「そうだねー、外で吸いたくなったら困っちゃうねー」

マリーは納得したように頷くと、俺から手を離す。

「勇人くん、入口はあっちよ」

そんなこんなで、咲さんに手を引かれながらホームセンターに入り、衣料品量販店へ到《とう》着《ちゃく》した。

衣料品量販店は非常に広かった。この中から温泉宿用の制服や咲さんの首につける物を探すのは大変だぞ。まあ幸い人がまばらだから、マリーが誰《だれ》かと接触《せっしょく》するようなこともないだろう。

一応、ここに来るまでに咲さんたちの温泉宿用の制服は何がいいのかはスマホで検索《けんさく》して調べてきたんだ。俺が見た限りでは「二部式着物」ってのがベストだと思う。

「二部式着物」は下が袴《はかま》で上が着物と和風の温泉宿にバッチリ合う上に、動きやすい。そして何よりデザインが豊富で、彼女達の美貌《びぼう》を存分に活《い》かせると考えて、これしかないと思ったわけなんだよ。

さてと、まずはっと。

「咲さん、最初に首に着けるものを探そうよ」

「うん」

咲さんは恥ずかしそうにほっそりとした艶《なま》めかしい首を撫で、次いで俺の手を握った。

「あ、勇人くん、これがいいな」

「おお、これは」

咲さんが手に取ったのはユミが変化《へんげ》した革《かわ》ベルトとよく似たデザインで、真っ黒の革に銀色の装飾《そうしょく》がされたものだった。人外とバレないためとはいえ、これをつけて咲さんが接客とか、なかなか背徳的だな……。いやでも、セーラー服よりマシか？　などと考えながら、俺は革ベルトを買い物カゴに入れる。

　次に店員さんへ二部式着物がどこにあるか聞いて、マリーと咲さんと一緒に品物の置かれた棚《たな》を眺《なが》めた。

　うん、この着物はサイズの種類があまりないようだから、咲さんとマリーに着てもらわなくても大丈夫そうだな。「着替《きが》え」という言葉に嫌《いや》な予感がするし。それと、子供用の二部式着物とかも置いていたからユミにも買って帰ろう。

　いや、ここはクロとトミー姐さんのも買おう。みんなで二部式着物を着て並んだらさぞいい絵になるだろうから。あ、でも骸骨くんは接客できないか……。

「咲さん、マリー。宿の制服にするから、好みの着物を選んでくれ」

「うん」

「ほーい」

　俺は咲さんとマリーが二部式着物を選んでいる間に、ユミとトミー姐さんの分を選ぶことにする。トミー姐さんは着流しと同じような柄《がら》にしようかな。

　ユミには……お、これは可愛《かわい》いな。薄《うす》くオレンジがかった下地に金魚の柄が描《えが》かれた二部式着物をユミ用に選んだ。そして、クロには白地に肉球マークが肩口《かたぐち》と袴の裾にあしらわれたシンプルな色合いのものを選ぶ。彼女の長い銀髪《ぎんぱつ》が着物の白地に良く映《は》えて、きっと可愛いと思うぞ。

ええと、咲さんとマリーはっと……咲さんは青と紺色《こんいろ》の矢絣《やがすり》柄の二部式着物だ。縦に柄がつく青、紺、白のコントラストが良いと思う。ところどころに小さな花柄が入っているのが可愛らしい。

マリーはというと、薄いピンク色の下地に麻《あさ》の葉柄だな。麻の葉が紫色《むらさきいろ》で描かれており彼女らしい色使いだ。

「どうかな？　勇人くん？」

「うん、バッチリだと思う。マリーはそのままでいいとして……咲さん、髪型《かみがた》を変えない？」

俺はフロストローズというピンク色のバラのレリーフが先についたかんざしを手に取り、咲さんに見せる。

「えっと、髪の毛を結《ゆ》い上げて、頭の天辺《てっぺん》でまとめてこのかんざしを挿《さ》すとかどうだろ？」

「可愛いかも。何か参考になる雑誌があればいいんだけど……」

「あ、かんざしのコーナーにかんざしを挿した女の子の写真があるから、スマホで写真を撮《と》っとくよ」

「ありがとう！　勇人くん」

よし、これで宿の制服は揃ったぜ。後は、あ、せっかくここまで来たから俺の下着とシヤツも買っておくかな。

俺の思考を遮《さえぎ》るようにマリーが俺の肩を叩く。

「ねーねー、ゆうちゃんは買わないの？　あと、骸骨くんにはー？」

「が、骸骨くんは人間の服を着られないから……俺のはどうしようかな」

「ゆうちゃんも同じやつにするー？」

「い、いや、俺が二部式着物を着るのはおかしいって。それは女の子用だからな。俺はそうだな……」

俺は濃《こ》い茶色の作務衣《さむえ》に、羽織る用の同じ色の法被《はっぴ》にすることにした。俺が目立つ必要はないし、なるべく地味な色がいいかなと思ってこれに決めたんだ。

「咲さん、マリー、俺は着替えを全く持ってきてないから下着と上着を少し買うよ。ちょいと待っててもらえるかな？」

「あ、待って勇人くん、これどうやって着ればいいのか分かんないの。手伝ってもらってもいい？」

「もらえないかなー」

咲さんの言葉にマリーが同調してくる。

「お、俺が⁉　宿でトミー姐さんにでも教われば……」

「ううん、勇人くんがいいの」

ここで着替える必要はないと思っていたのだが、嫌な予感が強くなってきたぞ。

抗《あらが》いきれず、咲さんとマリーにつきそって試着室へ行ったまではよかった。

「勇人くんも中へ来て」

「え？」

純粋《じゅんすい》に着替え方を教えて欲しいのだろうが、咲さんに引っ張られて試着室へ連れ込まれる。ヤバイ、すぐに出なくては！　逃《に》げ出そうとした俺だが、カーテンの隙間《すきま》から女性従業員の姿が見えた。このまま外に出たら、俺は朧温泉宿ではなく冷たい鉄格子《てつごうし》の中へ行くことになるだろう。

くっ。幸い三人でもお互《たが》いの肩《かた》がくっつくくらいで入れるだけの広さはあった。

「仕方ない。う、後ろ向くからちょっと待って！」

「んー、咲さんも脱《ぬ》がしちゃえー」

「ちょっとマリー、私は一人で脱げるから、引っ張らないで！」

「わたしはもう脱いじゃったもんー、咲さんおそーい」

「もう、マリー！」

「わー、咲さんのおっぱい大きいー」

な、何だ。何が起こっているんだ！　俺という存在は気にならないのか⁉

緊張《きんちょう》と恥ずかしさ、若干《じゃっかん》の鉄格子の恐怖《きょうふ》にゴクリと喉《のど》が鳴る。

「ちょ、マリー！　あまり騒《さわ》がないでくれえ」

「大丈夫《だいじょうぶ》だよーゆうちゃんー、手で隠《かく》してるからー」

そうじゃねぇ。マリーは咲さんの後ろに張り付いてなにやらゴソゴソ動いている。

「マリー、もう、着替えの邪魔《じゃま》しないで」

さ、咲さんも自然に着替えを続けないで！　俺、俺を気にして！

「脱ぎおわったよー、ゆうちゃんーどう着ればいいのかなー」

俺は良心に従い目を閉じたまま、この高難度ミッションに挑《いど》むことにした。

二人の方からはシュルシュルという衣擦《きぬず》れの音と熱を帯びた吐息《といき》が聞こえてくる。あれ？　よけいに状況《じょうきょう》が悪化している気がするぞ？

「袴は分かるだろ、上は浴衣《ゆかた》に近くて中に紐《ひも》があるからそれを結んで、上から帯を……ってマリー、何故《なぜ》俺の膝《ひざ》を踏《ふ》んでいるのかな？」

「えー、ゆうちゃんにーはかせてほしいー」

「ええい、足をあげるなあ。それと、マリーはちゃんと下着を着てるんだよな？」

「あははー」

こ、答えになってねぇ！

——五分経過。

「勇人くん、紐はどこにあるんだろう？」

「着物の中にあるはずだよ、咲さん」

「見つからない……勇人くん、探してくれないかな？」

咲さんは無理難題を仰《おっしゃ》る。だが、早くミッションを終わらせなければ、俺の人生が先に終わるかもしれない。

俺は目をつぶったまま襟元《えりもと》を辿《たど》り、上着の中の紐へと手を伸《の》ばす。

「じゃ、じゃあ失礼して……」

ふよん。あ、柔《やわ》らか冷たい。俺にとっても着慣れない服だから、どの辺に紐があるか分かりにくいな。こっちか？

「んっ、勇人くん……そこは——」

「ご、ごめん！」

「勇人くん、こっちにありそうだから、奥の方まで手を伸ばしてみて？　ほら、ここ……」

「い、いやそういうわけにも……って、マリーさり気なく首筋を狙《ねら》うのを止《や》めろお。狭《せま》いんだから登ってくるな。ん、あ、これかな」

着物の紐を無事握った俺の指先に咲さんが指を絡《から》め、この騒動《そうどう》は事なきを得た。

——さらに五分経過。

「よっし、後は帯を締《し》めたら完成だ！」

「ありがとうーゆうちゃんー」

「勇人くん、ありがとう」

二部式着物姿の二人を俺は満足気に眺めると、うんうんと頷《うなず》く。やっぱりこれは絵になるなあ。清楚《せいそ》系美少女女将《おかみ》の咲さんと、金髪マスコットのマリーのハーモニーだ。

笑顔《えがお》で「いらっしゃいませー」と言われて、悪い気がする人なんていない！　いろいろあったが、なんとか俺の今後の人生は守られたぜ……。


そんなこんなで買い物を終えた俺達は、衣料品量販店《りようはんてん》を出る。

袋《ふくろ》を抱《かか》えて戻《もど》ると、ユミがワゴン車の座席に腰《こし》かけて、みたらし団子をおいしそうにモグモグしていた。

「ユミ、みたらし団子が好きなの？」

「……うん……飛驒高山名物……」

「そっかー」

頰《ほお》を団子で膨《ふく》らませながら、呟《つぶや》きを返したユミが子供っぽく可愛らしくて俺はつい頭を撫《な》でてしまう。

荷物をワゴン車へ積み終わる頃《ころ》、トミー姐《ねえ》さんも戻ってきて、俺達は温泉宿へ帰ることにするのだった。

第二話 ダンジョンにハーレムパーティーで挑まないのは間違ってる

ううむ。自室に戻った俺は、ホームセンターの入口に置いてあった「飛騨高山温泉ガイド」と書かれたパンフレットを開いて、うんうん唸《うな》っていた。

「ゆうちゃん殿《どの》、どうしたでござるか？」

あぐらをかいた俺の膝の上に丸まって収まっている猫《ねこ》形態のクロが、首だけを上に向け俺に問いかける。

「あー、他《ほか》の温泉宿の写真が参考になるかと思ってさ、パンフレットを持って帰って来たんだけど……ここと違《ちが》い過ぎて参考にならないんだよな」

「物は試《ため》し……トミー殿と骸骨殿《がいこつどの》に相談してみてはどうです？」

「そうだなあ。一人で悩《なや》んでいても仕方ないよな。相談してみるよ、ありがとうクロ！」

俺はクロの喉をゴロゴロさせると、彼女は気持ち良さそうに琥珀色《こはくいろ》の目を細めた。

俺が立ち上がろうとした時、扉《とびら》の外から咲《さき》さんが俺を呼ぶ声がする。

「勇人《ゆうと》くん、買ってきた着物はどうするの？」

「あ、咲さん、二部式着物のことなんだけど……」

俺の言葉が終わらないうちにセーラー服姿の咲さんが部屋の扉を開けて入ってくると、膝を揃《そろ》えた綺麗《きれい》な姿勢で座る。

「あ、咲さん、それ」

俺は言おうと思った言葉を忘れ、咲さんの髪型《かみがた》に見とれてしまう。

「うん、さっそくつけてみたんだよ。どうかな？」

咲さんはさきほどまでのポニーテールと違い、髪の毛を結い上げてアップにした髪型に変わっていて、俺と選んだフロストローズのかんざしを結び目にさしていた。

こ、この髪型はうなじがハッキリと見えて、彼女が着物を着たらさぞ可愛《かわい》くなると思う。

俺は着物をまとった咲さんを想像し、口元がにやける。

「とてもいいと思う！　結い上げた髪とそのかんざし。咲さんによく似合ってるよ」

「そう、よかった！　あ、勇人くん、それは？」

咲さんは俺が手に持った「飛騨高山温泉ガイド」へ目を向けた。

「あ、これは温泉宿の改装に使えるかなあと思って、持って帰ってきたんだけど……」

「勇人くん、どんなのなの？　見せて」

咲さんは俺の手元に顔を寄せて、パンフレットをのぞき込んで来る……んだが、俺の胸へ彼女の頭の先が引っ付いて結い上げた髪とうなじが目に入ってきて、ドキリとしてしまった。

「すごい！　勇人くん、これならお客さんが来てくれるんだ」

咲さんは無邪気《むじゃき》に喜んでいるけど、ここはボロボロの温泉宿だからなあ……。

「咲さん、トミー姐さん達に相談に行こう」

「うん」

俺は膝からクロを下ろすと、トミー姐さんのいるであろうキッチンへ向かう。

◆◆◆

キッチンではトミー姐さんがパイプ椅子《いす》に腰かけ足を組みキセルを吹《ふ》かしていた。長い着物の裾《すそ》がはだけてスラリとした透明感《とうめいかん》のある生足が見えて色っぽい……。

「トミー姐さん、温泉宿の改装をしたいんですけど」

「ほう。おもしろそうじゃな。どんな感じにするんじゃ？」

「ええと、他の有名温泉宿の写真を持ってきたんですけど……」

「どれどれ、ほう。これを参考につくるんじゃな。そうだのお、二日くらいかの」

「え？　待ってください！　ここにある写真のような内装がふ、二日ですか！」

「ん？　何かおかしいことを言ったかの？　まあよい、まずは大浴場に行くかの？」

俺は半信半疑で咲さんと手を繋《つな》いで、トミー姐さんの後に続く。彼女は大浴場に入ると、外に続く扉を開けて木で覆《おお》われたちょっとした広場にまで足を運ぶ。

いつの間にか骸骨くんも一緒《いっしょ》についてきていて、トミー姐さんの横に並んだ。

「勇人、まず妾《わらわ》の妖術《ようじゅつ》を見せようかの」

トミー姐さんはたわわなメロンの隙間《すきま》にキセルをしまうと、片手を軽く振《ふ》るう。すると、何も無かった空間に五メートルほどの丸太が現れたのだ！

「な、なんですか、これ……」

俺は突然《とつぜん》のことに驚愕《きょうがく》し、目を見開くがトミー姐さんは何でもないという顔で俺を切れ長の目で見やり、骸骨くんは空中から落ちてきた丸太を片手でひょいと受け止めた。

「これはの、『蛇《へび》の腹』という妖術じゃ」

「それって、丸太を出す魔法《まほう》……じゃない妖術ってことなんですか？」

「少し違う。『蛇の腹』は何でも飲み込むことができる空間なのじゃ。妾の妖術で『蛇の腹』を構築し、その中にいろんなものが入っておるのじゃよ」

「えっと、出し入れ自由ってことなんですか？」

「うむ、ここに『蛇の腹』の起点がある」

トミー姐さんは俺の手を摑《つか》むとグイと引き寄せる。

「トミー姐さん⁉」

「ここじゃ、ふふ、あまり乱暴にしてくれるなよ？」

ぬあぁ、谷間に手があ。

「あれ？　不思議ですけど、奥行きを感じますね。ってお、押し付けないでください！　手がどこまでも沈《しず》んでいきます！」

トミー姐さんは艶《つや》っぽい笑みを浮《う》かべ俺が動揺《どうよう》する様子を眺《なが》めた後、俺を解放すると踵《きびす》を返して地面に己《おのれ》の手をやる。

「妖術は起点を中心に発動するのじゃが、こういうこともできる。まあ、見ておれ……」

トミー姐さんの指先に力がこもったように見えた。すると、なんということだ！　地面に正方形の穴が開いてしまったではないか。綺麗に四角く切り取られた地面の深さは一メートルほどありそうだ。

地面にあった土はどこに行ったんだろう？

「こ、これは？」

「うむ、ここの土を『蛇の腹』の中へ放《ほう》り込んだのじゃよ」

「す、すげえ！　アイテムボックスみたいなものなんですね！　トミー姐さん」

「そんなに胸元《むなもと》を見つめて褒《ほ》められると少し照れるの。まあそんなわけで、材料の心配はない。あとはの、骸骨よ」

トミー姐さんは骸骨くんの頭へ「五」と描《か》かれたお札を張り付けると、骸骨くんはコク

りと頷きを返し――。

――五体に分裂《ぶんれつ》した！

「うおお、骸骨くんが！」

「骸骨はお札に描かれた数に合わせて分裂することができるのじゃよ。その分、力は落ちるが、工事を行うに問題はなかろう」

「な、なるほど……」

俺は唖然《あぜん》とした顔で骸骨くんが丸太を指先だけで持っている姿を見やった。

「それと、ユミの変化《へんげ》で様々な道具の代用がきくからの。妾が問題ないと言っていた意味が分かったかの？」

「勇人くん。私もマリーも……クロだって協力できるんだから」

咲さんがトミー姐さんの言葉に自分の言葉を被《かぶ》せてくる。

「わ、分かりました。じゃあ、俺の作りたい理想の宿をこれから説明します」

「うむ」

「楽しみ！」

咲さんとトミー姐さんがワクワクした様子で俺の説明を今か今かと待ち構えている。

よっし。俺は「飛騨高山温泉ガイド」とスマートフォンの写真を使って二人に内装の改装案を提案してゆく。ほとんど思いつきのような意見にもかかわらず、彼女たちは感心したように「すごいすごい」と褒めながら聞いてくれた。

「――というわけなんです」

「ふむ。では、今からやるかの」

トミー姐さんは次々と丸太を出していき、骸骨くんが大浴場へそれを運び込む。

「お、俺も手伝いますよ」

俺は腰《こし》を落とし丸太を肩《かた》に担《かつ》ぐと、立ち上がった。が……思ったより重いぞこれ。骸骨くんは片手だけで三本も持っているというのに。

ここは男として情けなく倒《たお》れるわけにはいかねえ。俺はよろけながらも一歩進む。だけど、やっぱり駄目《だめ》だったあ！

二歩目を進んだ時、俺はバランスを崩《くず》し後ろに倒れ込んでしまう。しかし、俺の頭を柔《やわ》らかなメロンが受け止めてくれる。

「勇人、無理せぬほうがよいぞ」

「す、すみません」

俺はトミー姐《ねえ》さんのおっぱいに埋《うず》めた頭を慌《あわ》てて起こすと、再び歩こうとする。だが今度は重みのせいで前へふらつき、進む足が止まらなくなってしまう。

そんな俺の目の前には咲さんが！

「咲さん、どいてええ」

咲さんは俺を避《よ》けようとせず、そのまま俺を受け止めてくれた。ふわっふわのクッションがまたしても顔に！　わざとじゃないんですう！　わざとじゃあ。

「勇人くん、ここはトミー姐さんたちに任せて、勇人くんは指示を出してくれればいいよ」

「あ、はい」

平然としている咲さんは、俺が肩に担いだ丸太を指先で軽々と支えて地面に下ろす。

「そういえば、勇人くん、さっき部屋で何か言いかけてなかった？」

「うん、咲さん。二部式着物なんだけど、改装が終わってから着て接客の練習をしようって言いたかったんだよ。せっかく新しい制服だしね」

「そうね！　理想の温泉宿ができてから最後の仕上げにというのはいいと思う！」

「勇人、お主にしかできぬことは多い、お互《たが》い役割分担じゃよ」

トミー姐さんは丸太を出しながら、口を挟《はさ》んだ。ん、確かに身体能力の差はいかんともしがたい。ここまで違《ちが》うと邪魔《じゃま》にしかならないよなあ。

よっし、じゃあ……。

「咲さん、接客の練習をしてみよう」

「うん！　マリーも呼んでくるね」

「じゃあロビーで待ち合わせしようよ」

「うん！　すぐ行くからね」

温泉宿の設備、制服が問題なくなって、咲さんとマリーのズレた接客が改善されたらお客さんをとりあえず迎《むか》え入れることが出来るようになると思う。

俺は最初に接客してくれたマリーと咲さんの様子を思い浮かべながら、ロビーへと向かった。あの時は目のやり場に困ったり、抱《だ》きしめられたり……ああ、幸せだって違う違う。お客さんの前で首が取れたり、血を吸いに行ったりしたらまずいだろ。そこら辺をなんとかするんだ。

◆◆◆

咲さんがマリーを呼んできてくれて、ロビーのカウンターの前に俺達三人は集合していた。

「咲さん、マリー、じゃあ、接客の練習をはじめるよ」

「うん」

「おー」

俺が朧温泉に来た時、咲さんとマリーが接客してくれたけど、あれじゃあマズい。首と吸血を別にしたとしても、いきなり手を繋いだり裸《はだか》で風呂《ふろ》に入ってきたりして、家族連れのお父さんなんかにそんなことをしちゃうと、家族の団らんに亀裂《きれつ》が入るって！

「じゃあ、俺がお客さんをやってみるから、二人は接客をしてみてくれるかな？」

俺は二人にそう告げると、一旦《いったん》宿の外へと移動する。

さて、やるかあ。接客指導を。俺は両頰《りょうほほ》を手で打って気合いを入れてからロビーに入ると、二人は受付カウンターに揃《そろ》って立っていた。俺が来た事に気が付いたマリーが金髪《きんぱつ》ツインテールを揺《ゆ》らしながら、パタパタと俺のもとへとやって来る。

「いらっしゃいませー」

「本日泊《と》まる予定の勇人です」

「勇人さまですねー。こちらが受付になりますのでどうぞー」

マリーは俺の手を握《にぎ》ると、受付へ俺を案内しようとする。やっぱりそう来たかあ。

ダメだ！　お客さんの手を握るとか。お父さん許しませんよ！

「マリー……」

「んー」

振り返ったマリーの瞳《ひとみ》が赤い。赤いぞ。

俺と目があったマリーの目が更《さら》に段階が進み光り出すと、俺へ抱《だ》きついてきた。

そしてそのまま俺の耳たぶに唇《くちびる》をはわせてくる。

「ステイー！」

「んん？」

「手を握って、抱きついた上に血を吸うとか、お客さんに対する態度じゃないだろお」

「んー？　だって手を握ったら血を吸いたくなったんだもんー」

「じゃあ、手を握るんじゃない！」

「そうかー、ゆうちゃん頭いいー」

「やれやれ……もう一回やり直そう」

「はあい」

最初から前途《ぜんと》多難なんだけど、とにかく何とかなるまで指摘《してき》していくしかない。この際まずは接客マナーとかはどうでもいいから、とにかく人外と分からないように振《ふ》る舞《ま》えることを優先しよう。

「いらっしゃいませー」

「本日泊《と》まる予定の勇人です」

「こちらへどうぞー」

マリーは俺の手を握らず、前方にある受付を指し示す。俺は受付カウンターまで歩き、カウンターで待つ咲さんに礼をすると彼女は深々とお辞儀《じぎ》をするが……。

――首がズレたー！

「さ、咲さん、さっき買った革《かわ》ベルトを首に巻いて」

「あ、忘れてたわ……」

ハアハア……進まねえ。そして二度のリテイクをした結果、なんとか受付までは問題が無くなった。

そして、次は風呂なんだが……。

「マリー、お客さんがいる間は入ってきたらダメだー。あと、目が赤いぞ！」

「えー」

「咲さん、背中流すのはやめよう。家族連れのお父さんにそれをしたら家庭崩壊《ほうかい》するかもしれない」

「そ、そうなの……人間って難しい……」

マリーが子供の血を吸ったり、咲さんが肌色《はだいろ》をチラチラ見せるような恰好《かっこう》でお父さんの背中を流したりしたら、お母さんから血を見させられるだろう……。

お客さんが風呂に入っている間は手出し禁止と二人に再度注意しておく。

これで何とか、人外だとバレなきゃいいんだけど……骸骨くんは人前に出せないから隠《かく》れてもらうとして、ユミとトミー姐さんはどうだろう。

人型のユミはオレンジと黒のマーブルカラーの狸耳《たぬきみみ》に尻尾《しっぽ》が生えてるから、咲さんとマリーに手がいっぱいの状況《じょうきょう》で彼女を客先に出して誤魔化《ごまか》しきれる自信がない。

残念だけど、咲さんとマリーが慣れてくるまで、奥に引っ込んでいてもらおう。そうそ

う、手伝う意志があるかどうか分からないけど、クロも同じ理由で待機だな。トミー姐さんはキッチンで頑張《がんば》ってもらう予定だから軽くお客さんに挨拶《あいさつ》する程度かなあ。

彼女にもお客さんがいる間は、ずっと人型を維持《いじ》してもらうように頼《たの》んでおこう。

◆◆◆

——翌朝。

あの後、骸骨くんたちの様子を何度か見に行ったけど、骸骨くんは五体とも疲《つか》れた様子などまるで感じさせず、人外の膂力《りょりょく》をいかんなく発揮し作業を進めていた。

どうなるか気になってはいたけど、布団《ふとん》に寝転《ねころ》んでいたら、彼らの工事する音が響《ひび》いてくる中いつの間にか寝てしまっていた。

俺は今日も枕元《まくらもと》に丸まってスヤスヤと寝息を立てている白猫《しろねこ》形態のクロを軽く撫《な》でると、布団から出て黒色のジーンズと紺色《こんいろ》のTシャツに着替《きが》える。

次は歯を磨《みが》いて髪《かみ》の毛をセットするかあと思いながら部屋の扉《とびら》に手をかけると、扉の向こうから咲さんの声が。

「勇人くん、起きてる?」

「起きてるよ。今開けるね」

俺は扉を開けるが、咲さんの姿が見当たらない……。

「咲さん？」

「勇人くん、下よ」

「おおお！　びっくりしたあ」

床《ゆか》に生首が転がってるー。なんで首だけで来たんだよ。怖《こわ》いって。

「え？　あ、ごめんね。そんなに驚《おどろ》くなんて」

どう突《つ》っ込めばいいんだよ。扉を開けて生首がいたら、いくらポニーテールで少したれ目の可愛《かわい》らしい女の子でも驚くだろ。

「ど、どうやってここまで……」

「運んでもらったのよ。勇人くん、私を抱っこしてくれないかな？」

「あ、うん」

「あ、勇人くん」

「ん？」

「髪の毛がボサボサだね。先に髪をとかしにいく？」

「あ、でも咲さんの本体が……」

「洗面所まで体を歩かせてくるから大丈夫《だいじょうぶ》よ」

体だけだと目がついてないから見えないと思うんだけど、大丈夫なのか……。

俺はお言葉に甘えて洗面所に足を運ぶと、歯磨《はみが》きをしてから爆発《ばくはつ》した髪をお湯で濡《ぬ》らして、クシを通していく。

「勇人くん、いつも右目を髪の毛で隠しているけど、ひょっとして……」

元《もと》の姿に戻った咲さんが、口に手をあて思案顔でそう言った。

あ、俺の髪の毛って俺が尊敬するある漫画《まんが》のキャラクターを参考にしているんだよな。

ただそれだけなんだけど……。

「ただファッションで隠しているだけだから……特に何かあるってわけじゃないよ」

「そうなんだ……」

「え?」

「勇人くんもひょっとしたら私と同じ人外なのかなあと思っちゃった。だから最初私を見た時に驚かなかったのかなあって」

「咲さん。俺が人間だろうと人外だろうと、咲さんへの思いは今までと一緒《いっしょ》だよ」

我ながらクサいセリフを言ってしまってから、俺は頬が熱くなる。咲さんは同じ人外だったらもっと仲良くなれるとか思ったのだろうか。そんなことは関係ないよ。

俺は人外だろうが、そうじゃなかろうが咲さん達と一緒に温泉宿を盛り立てていければと思ってるんだから。

「勇人くん、なんだか今のセリフはカッコいいかも……」

咲さんはぽーっと俺を見つめてくるけど、は、恥《は》ずかしいぞ。

「咲さん、改装の様子を見に行こうよ」

俺は誤魔化すように咲さんの手を取り、洗面所の外を指さした。

「うん！」

咲さんは洗面所からロビーに進もうとした俺の手を引き、反対側へ向かう。こっちは確か大浴場の方だっけ。

「咲さん？」

「勇人くん、大浴場が出来たんだよ。先に見に行かない？」

「え、えええ！　『完成』したの？」

「うん、結構時間がかかっちゃった。私もマリーも手伝ったんだけど……」

いやいやいや、よくある番組のテロップみたいに「骸骨くんが一晩でやってくれました」なんて空想の中だけの話だぞ。

俺が指示した大浴場はそう簡単にできるものじゃないから。

咲さんに案内されて、外へつながる現代風に改装された屋根付きの廊下《ろうか》を通る。あれ？　昭和な雰囲気《ふんいき》しかなかったこの宿に、こんな場所あったっけ？

「咲さん、ここは？」

「勇人くんの言ってたイメージで作ったんだけど……。どうかな？」

「えええぇ！　す、すごすぎる」

マジかよ。人外の力は恐《おそ》ろしい……ひょっとして大浴場もそうなのか？

廊下を端《はし》まで進むと二手に分かれており、青色の暖簾《のれん》とえんじ色の暖簾が左右に見えた。これは、男湯と女湯ってことだろうな。

「男湯の方へ入って」

「あ、うん」

俺は咲さんに促《うなが》されるまま男湯の暖簾をくぐると、モダンに生まれ変わった脱衣場《だつい》があった。この脱衣場を抜《ぬ》けると大浴場となる。ここは竹《たけ》カゴが棚《たな》に並べられていて、床には藺《い》草のラグが敷《し》かれていた。

脱衣場の扉を開くと――。

――本格的な檜風呂《ひのきぶろ》が鎮座《ちんざ》していたあ！

何なんだこれ？　何だよ。余りの出来事に頭が混乱してきたぞ。檜風呂のサイズは二十人くらいまでは入れそうなゆったりしたサイズで、俺から見て右端《みぎはし》に湯の出口があり、そこから湯が流れ続けている。

檜風呂の四隅《よすみ》には柱が立っていて、全《すべ》て丸太で作られた屋根がある。檜風呂から横に目を向けると広い洗い場があり、ちゃんと蛇口《じゃぐち》とシャワー、そして檜の風呂椅子《ふろいす》が置いてあるじゃないか。お、かけ湯のところに以前のライオンが残ってるな。

た、確かに写真を見ながら、こんな風になればいいなと指示は出した。出したけど……。

外には岩の露天《ろてん》風呂まで整えられていた。

次いでロビーに戻るとそこも風景が一変していた。こげ茶色を基調として、差し色に白を使った上質な和風モダンで統一されたロビーに変貌《へんぼう》を遂《と》げていたのだ。特にトミー姐《ねえ》さんのとっておきを使ったという「世界樹」で出来たローテーブルは存在感を放っている。

◆◆◆

その日の晩、ロビーに皆《みんな》で集合し、ローテーブルを囲んでお話をすることにした。

「皆ありがとう！」

俺は一人一人と目を合わせながら、お礼を述べた。

「何を言っておるのじゃ、勇人の指示があってこそじゃぞ」

トミー姐さんは大きな胸を下から支えるように腕《うで》を組み、満足そうに頷《うなず》く。

「ゆうちゃんー、すごーい」

マリーは満面の笑《え》みを浮《う》かべて万歳《ばんざい》する。明後日《あさって》になれば、改装も完了《かんりよう》するって言ってたよな確か……僅《わず》かの期間でよくここまで来たよなあ……すごいよ人外！

「皆、改装が完了すれば、お客さんを迎《むか》え入れることのできる設備は整ったよ。後は宿の制服に着替えればばっちりだと思う」

——ジリリリリッ。

その時、カウンターにある黒電話が鳴り響き、白猫姿のクロが驚いて毛を逆立てた。

咲さんが立ち上がると、黒電話を手に取り受話器を耳に当てる。

「はい、朧温泉です。え？　あ、はい。もちろんです。三日後にご一泊《ぱく》ですね。はい！　ありがとうございます！　お待ちしております」

ん、まさか、お客さん？

電話を切った咲さんは俺へ振《ふ》り返ると、正面から俺に抱《だ》きついて喜色を露《あら》わにする。

「さ、咲さん？」

「勇人くん、お客様が来るわ！　三日後に！」

「おお！　ちょうどいいところに予約が」

俺も咲さんの体の柔《やわ》らかさにドキッとしながらも、右腕《みぎうで》をあげてガッツポーズを行う。

それに対し、他《ほか》のみんなも口々に歓声《かんせい》をあげた。

「咲さん、どんなお客さんなの？」

「ご家族でいらっしゃるみたいよ」

「家族連れかあ」

子供が来るとなると、接触《せっしょく》が怖いなあ。無邪気《むじゃき》にマリーの手を掴《つか》んだりすると……その辺は俺がフォローするぜ。

「どうしたのー、ゆうちゃんー？」

俺の考えてることが読まれたのかと思ってヒヤリとしたけど、平静を装《よそお》いコホンと咳《せき》をしてから皆を見回す。

「じゃあ、残り三日間、やれるだけの準備はしておこう！」

「「うん！」」

マリーと咲さんの声が重なった。こうして、俺達の新たな温泉宿に家族連れの予約が入ったのだった。

「あ、勇人くん、一室だけ客室を改装したの、見てくれるかな？」

「もちろんだよ、咲さん！」

一体どんな客室になっているんだろうと、ウキウキしながら咲さんに手を引かれて客室に入る。

「さ、咲さん、これ……」

「大きなベッドにしたのよ？　どうかな？」

「こ、これは、変えた方がいいかな……」

うん、一体このキングサイズの回転ベッドは、どこで手に入れて来たんだろう。

◆◆◆

――二日後。

咲さん達は本当にこの二日間で温泉宿の改装をやり遂げてしまった。いまや朧温泉宿は、上質な和風モダンで統一された高級温泉宿と言っても過言ではない設備が整った温泉宿に生まれ変わったのだ。

これほどの内装と大浴場でありながらも、お値段は据《す》え置きで一泊朝夕食事つき四千二百八十円ときたものだ。これでお客さんが満足しないわけがない。

いや、確かにこれだけでも満足してくれるかもしれないけど、温泉宿の魅力《みりょく》って大浴場と食事なんだよなあ。このままだと他と変わらない食事しか出すことが出来ないし、俺は料理をそれなりに作れるが、定食屋出身だから懐石《かいせき》料理なんてできない。だから施設《しせつ》はいいのに、「食事は期待外れだけど、安い料金だからいいかな」ということになってしまう。

しかし、定食屋風の料理を出しても、よく見る温泉宿の懐石料理なんて目じゃない可能性を秘《ひ》めたモノがこの温泉宿にはある。それは……ダンジョンの食材に他ならない。

ちょうど、お客さんも来てくれることだし、この機会に一度ダンジョンに行ってみるかな。咲さんたちの手も空いたことだし……あ、でもダンジョンってどこにあるんだろ？　朧温泉宿の地下にあるって言ってたけど……。

俺がそんなことを考えながらロビーに顔を出すと、咲さんとマリーとユミがソファーに腰《こし》を下ろしていた。

「咲さん、ダンジョンってどこにあるのかな？」

「ダンジョンはキッチンの奥にあるわよ。見に行く？」

「ち、近いな。敷地《しきち》内のどこかって思っていたけど、すぐそこなんだね」

「うん、勇人くんも食べた鶏《にわとり》でも見に行く？　入ってすぐのところにいるわよ」

「お、おお。それは行ってみたい」

「あ、勇人くん、スマホ？　だっけ？　とか壊《こわ》れやすい物は置いて行ったほうがいいわよ？」

「分かった」

俺はポケットからスマートフォンを出すと、テーブルの上に置く。

すると咲さんが人差し指を立てて俺の鼻をツンツンつつきながら唇《くちびる》をツンと立てて、

「勇人くん、絶対に一人で行ったらダメよ。人間だとすぐ死んじゃうんだから」

と改めて忠告してきた。

なんだか咲さんのメッて仕草に見惚《みと》れてしまうんだけど。彼女はとても真剣《しんけん》な顔をしているものだから、俺は緩《ゆる》みそうになる頬《ほお》を押さえる。

「……あ、うん」

そんなにヤバイのかダンジョン。でも彼女たちなら平気なんだよな？　俺が顔を青くしていると、マリーが元気よく口を開く。

「ゆうちゃんー、心配しなくても大丈夫《だいじょうぶ》だよー。わたしがゆうちゃんを守るからー」

……でもなあ、マリーだと狩猟《しゅりょう》に夢中になって俺のことを忘れて「ゆうちゃん、死んじゃったー」とかになりそうだ。

うーん、マリーと二人きりは怖《こわ》すぎるよな……二人きりの様子を想像して内心ガクガクしていると、ユミが口を挟《はさ》んでくる。

「……ユウ……ボクも咲さんもついて行くから安心して……」

「四人で行こっか、勇人くん」

続いて咲さんが俺の手をとり微笑《ほほえ》んでくる。うん、咲さんとユミもいるなら大丈夫かな。

「あ、俺はともかく、咲さんたちは準備をしなくていいの？」

咲さんは普段着《ふだんぎ》になったセーラー服に紺色《こんいろ》のハイソックスで茶色の革《かわ》のローファー。髪《かみ》型《がた》はそのままポニーテールで黄色のリボンを結んでいる。ユミはホットパンツにおへそが見えるチビTシャツ、残るマリーも最初に会ったときと同じような肩《かた》を露出《ろしゅつ》したゴスロリファッションと、ハイキングに行くにも厳しい恰好《かっこう》なんだけど……。

「ゆうちゃんー、大丈夫だよー、にわとりさんだけだしー」

さらなる不安を感じる俺へ、マリーはえへへーっと声をあげながら、腰に両手を当ててうんうんと頷いている。

「勇人くん、じゃあ、鶏のところまで行ってみようか」

咲さんは俺の手を握《にぎ》ったまま、短いスカートを揺《ゆ》らして歩きだす。

「咲さん、ダンジョンってどういうところなの？」

行く前に少しダンジョンのことを知っておきたいと思った俺が咲さんに尋《たず》ねてみると、三人は顔を見合わせて何から話していいものかといった感じで「うーん」と腕を組んだ。

「ダンジョンは人間達の世界と違《ちが》う世界にあるの。そこはすぐに襲《おそ》い掛《か》かってくる好戦的な……えっと、勇人くん達の言葉で言うと……モンスター？　がいっぱいいるの」

「モンスター!?」

今さらっと咲さんはモンスターって言ったよな。「違う世界」ってのも意味が分からないけど、モンスターがいるのか。だから危険なんだな……ダンジョンって奴《やつ》は。

じゃあ、あの鶏もモンスターなんだろうか？

「うん、いろいろいるのよ」

「確かモンスターって無限に出現するって言ってたよね？」

「その通りよ。ダンジョンでは人間の世界の常識は通じないの。倒《たお》したモンスターもそのまま放《ほう》っておくと消えてしまうのよ。消えてしばらくするとまた生きたモンスターが出てくるの」

「倒したモンスターを持って帰ってきたら、消えないんだよー」

咲さんの言葉に被《かぶ》せるようにマリーも補足説明をしてくれる。

ゲーム的だなあ。咲さんの言う通り「人間の世界の常識は通じない」ということだな。

モンスターの強さがどれほどなのか分からないけど、人智《じんち》を超《こ》えた強さを持つってことか。

てことは……咲さんたちもそれを軽くやっつけてしまうほど強い？　見た目は全員可愛《かわい》い普通《ふつう》の少女たちで、全然強そうに見えないんだけどなあ。

「聞くより見てみれば理解できるか。よし、咲さん、マリー、ユミ、足手まといだろうけどよろしくな」

「私たちは人間を連れてダンジョンに行ったことないから、少し怖いけど、勇人くんをちゃんと守るからね」

咲さんは俺の両手を掴んでギュッと握りしめる。真剣な彼女の眼差《まなざ》しが心強くまた、たれ目な彼女は普段おっとりした風に見えるんだけど、こういう姿は凛々《りり》しくて普段とのギャップにドキドキさせられるな。

◆◆◆

そんなこんなで、俺たちはＲＰＧのお約束として隊列を組んだ。マリーを先頭に咲さんが俺の少し前を歩きユミは俺の後ろと、ガッチリ俺を守る態勢でキッチンの奥へと進む。

奥には何も置かれていない小部屋があり、床下《ゆかした》収納にあるような取っ手が床に取り付けられていた。マリーはその取っ手を摑むと「えい」と引っ張る。

マリーは取っ手を勢いよく引っ張ったから勢いあまって尻《しり》もちをつき「えへへ」と言っているけど、手に持った板のサイズが畳《たたみ》二枚分くらいあるぞ……なんていう力だよ……。

「じゃあ、行こうーゆうちゃん」

マリーに手を引かれ、床の下にあった石造りの階段をおそるおそる下って行く。ここがダンジョンなのかな？

「マリー、この下がダンジョンなのかな？」

俺は先頭に立つマリーに尋ねると彼女はのんびりした声で俺に応じる。

「そうだよー。階段を下りたところがダンジョンだよー」

階段を先に下りたマリーが両手をひろげ、その場でクルクルと回転すると俺へと振り返った。

「ここからダンジョンだよー。階段はここでおしまい」

「お、おう」

前方を見ると、そこから真っすぐ道が続いており、壁《かべ》も床も石造りになっている。何というかダンジョンを探索《たんさく》するゲームでよく見る感じと言えばいいのだろうか。

しかし、地下だというのに昼のように明るいんだけど……俺が訝《いぶか》しんでいると、後ろから俺のズボンを引っ張るユミが上を指さす。

あー。そういうことか。天井《てんじよう》が蛍光灯《けいこうとう》の光のように明るい。それで通路全体が明るくなっているのか。

「ダンジョンって明るいんだな」

俺が思わず呟《つぶや》くと先頭のマリーが朗《ほが》らかに言葉を返す。

「うんー。わたしは暗くても平気だけどー」

「暗いところでも見えるの？」

「うんー。吸血鬼《きゆうけつき》だからー」

理由になっていない気もするが、吸血鬼は暗いところでも問題なく見通せるってことか。

「勇人くん、私も暗くても平気だよ」

周囲を見回しながら、咲さんは俺の横に立つと俺と手を繋《つな》いでくる。あ、俺が不安そうにしていたから手を握ってくれたのかな。

「え？　咲さんも見えるの？」

「うん。ユミはどうだったかな？」

咲さんが後ろに目をやると、ユミはフルフルと首を左右に振《ふ》る。どうやら彼女は暗いと見えないらしい。

会話をして和《なご》んだところで階段を下り切った俺が、おそるおそるダンジョンに一歩踏《ふ》み出したその時――。

何か大きなものが天井から床に落ちてきた！

え、えええぇ！　さっきまで天井に何もなかったよね。明るかったから巨大《きょだい》なものなら見えるはずだけど、どういうこと？

思わず俺は隣《となり》にいた咲さんに抱《だ》きついてしまうが、彼女はよしよしーと俺の頭を撫《な》でてくれた。同じ歳《とし》くらいの咲さんに子供のように撫でられるのは少し気恥《きは》ずかしいけど、そんなことを言っていられないってぇ！

ようやく落ち着いて来た俺は落ちてきた大きなものへ目を向けると……。

「蟻《あり》だー！」

「どうしたの勇人くん？　突然《とつぜん》」

咲さんが不思議そうに首を傾《かたむ》ける。あ、いや、なぜか叫《さけ》ばないといけないい衝動《しょうどう》に駆《か》られてだな……。

どこにでもいるような蟻だ。見たまんま真っ黒でテロテロした金属の光沢《こうたく》を持つ蟻だ。

ただし、サイズが三メートルほどある。

まるで冗談《じょうだん》のような現実離《ばな》れしたサイズ。これがモンスター？　あまりの異様な姿に咲さんに抱きついたままだった俺の体に力が入る。

俺は蟻の前に立ちふさがったマリーへ後ろから尋ねた。

「マリー、あ、あれがモンスター？」

「うんー。ありさんー。あれは食べられないよー」

「ま、まあ、そうだろうな……それにしても、あいつはどこから出て来たんだろ？」

「んー。天井が開いて落ちてきたのー」

「マジかよ。ちゃんと見てなかったよ！」

マリーに突《つ》っ込みを入れたのはいいが、俺は咲さんにムギュッと抱きついたままなのだ……だって怖いんだもの。決して咲さんが抱きつかせてくれているからそのまま甘えているだけではない。

「勇人くん、大丈夫？　でも、そこは……」

「え？　あ。あああ！」

咲さんのふくらみに俺の手が吸い込まれているではないか。

これはいかん。俺は抗《あらが》いがたい誘惑《ゆうわく》を必死に堪《こら》え、手を離《はな》す。

「ご、ごめん」

俺は慌《あわ》てて咲さんから体を離し、一歩後ろに下がる。下がると、ユミにぶつかりそうになり、また元の位置に戻《もど》る。落ち着け俺。

「勇人くん、私は大丈夫だよ。ここに何度も来ているから」

違うんです咲さん。くっついていたら俺が恥《は》ずかしいんですよ。

そ、それはともかく……咲さんは触《ふ》れられても恥ずかしい様子がなかった……外れた首を戻す時はあんなに恥ずかしそうだったのに。恥じらうポイントがわからん。

彼女は俺が怖くてしがみついたのを分かっていて、俺のこういった気持ちとか意識せず純粋《じゅんすい》に心配しているだけなんだろうな……。

俺は「ごめん」と心の中でもう一度咲さんに謝ると、巨大な蟻と睨《にら》み合うマリーへ声をかける。

「マ、マリー、その蟻はどうするんだ？」

「んー、よっこいしょー」

マリーは右腕《みぎうで》をグルングルン回すと、えーいと蟻に向けて拳《こぶし》を横から打ち付けた。

すると、巨大な蟻はボールのように吹《ふ》き飛ばされ、ダンジョンの壁へ激突《げきとつ》する。

「力持ちだとか、そういうレベルじゃない恐ろしいものの片りんを見たぜ……」

あっけにとられた俺は目を見開き、壁にぶつかってバラバラになった蟻を凝視《ぎょうし》した。

「ゆうちゃんー、やっつけたよー」

マリーはばんざーいと両手をあげてジャンプしながら、ひまわりのような笑《え》みを浮《う》かべている。手にはちぎれた蟻の触覚《しょっかく》……。オオウ、サスガ人外デスネー。

「お、おう、すごいなマリー！」

「わーい、ゆうちゃんに褒《ほ》められたー」

マリーは歓喜《かんき》の声をあげて、引け気味の俺の腰《こし》へ思いっきり抱きついて来た。よしよしよくやったぞーとばかりに俺は彼女のフワフワした金髪《きんぱつ》を撫でるのだった。

そのまま前へと進んで行くと、大広間に出た。そこには、これまた巨大な鶏《にわとり》がのっしのっしと歩いていた。見た目は鶏そのものなんだが、サイズがおかしい。足から頭のトサカまでおよそ四メートル。あんな大きな嘴《くちばし》でつつかれたら体に穴が開くだろうな……。

いやでもあれなら……モモ、ささ身、ムネと一羽《わ》で百人くらいはもてなせそうだぞ。

「あれがにわとりさんー」

マリーはいつもの調子で説明してくれるが……。

「鶏ってサイズじゃねえぞ！」

俺は思わずマリーに突っ込みを入れてしまった。それも大きな声で。

当然俺の声に巨大鶏は気が付き、こちらを睨みつける。ギャー、こっち見るなー！

俺の願いもむなしく、目が合う俺と鶏。見慣れた鶏もサイズが大きくなると威圧感《いあつかん》が半端《はんぱ》ないって。

あれ、手足が動かない？

「うおお！」

驚《おどろ》きの声をあげている間にも、胴体《どうたい》の感覚が無くなってくる。

俺の様子がおかしいことに気が付いた咲さんは俺の手を握《にぎ》り、マリーは俺に抱きつくとすぐに離れる。

「ゆうちゃんが固まっちゃったー。よくもー」

マリーはキッと巨大鶏を睨みつけたかと思うと、俺にはとらえきれない速度で巨大鶏の首に噛《か》みつく。数秒たたないうちに巨大鶏は地に倒れ伏《ふ》した。

巨大鶏は倒されたようだが、俺の体が首元まで固まってくると徐々《じょじょ》に意識が朦朧《もうろう》としてくる……。

「ゆうちゃんー」

「勇人くん」

「……ユウ……」

三人の声が聞こえる中、俺の前に回り込んだユミから白い煙《けむり》があがり、病院で見る真っ白な布が張られた担架《たんか》が宙に浮いていた。

咲さんが俺を抱《かか》え上げると、ユミの変化《へんげ》した担架に俺を乗せる。首だけはなんとか動かせるけど、他《ほか》は全く感覚が無くなっている……それとは逆に朦朧としていた意識が次第《しだい》にハッキリしてきたのはよいことなんだけど……。

マリーが巨大鶏を抱えて、咲さんが一メートルほどある卵を持って、俺が寝《ね》かされているユミが変化した担架の前まで来ると、心配そうな顔で俺をのぞき込む。

俺は彼女達を心配させないように、首を縦に振って健在をアピールする。首は動くけど口が動かないから声が出せないのだ……。

◆◆◆

ユミの変化した担架に乗せられて大浴場に入ると、俺はそこで降ろされる。

「クロー、こっちこっち！」

遠くからマリーの慌てた声が聞こえる。

「ゆうちゃん殿《どの》！　おおお、コカトリスにやられたのですな！　吾輩《わがはい》に任せてください」

「クロー。ゆうちゃん、大丈夫《だいじょうぶ》かな？」

マリーはいつも元気一杯《げんきいっぱい》の彼女にしては珍《めずら》しく目に涙《なみだ》を浮かべながら白猫《しろねこ》形態のクロの頭を撫でる。

「大丈夫でござる！　ちゃんと治療《ちりょう》いたします故《ゆえ》……」

「ありがとうー、クロー」

マリーはクロにお礼を言うと浴場から出て行ったようだ。

「では、ゆうちゃん殿……」

クロから煙があがると、人間形態のクロに変化する。もちろん一糸まとわぬ姿で……、
幸いこの位置からでは顔と肩《かた》しか見えんが。動けないってのはやっぱり不安だな。

彼女は俺にお湯をかけると、俺の体に覆《おお》いかぶさってくる。うあ。こ、これは。

「ゆうちゃん殿、失礼して……」

体を密着させて、前後に動きながらペロペロと猫のように舌を這《は》わせるクロにドキドキさせられる。だが体を動かせない俺は、クロにされるがままだった……。

親猫《おやねこ》は子猫の怪我《けが》を舐《な》めて治すって聞くけど、これが治療なのか？　ちょ、そんなところまで舐めるんじゃない。

しかし、俺をのぞき込んできたクロの顔は真剣《しんけん》そのもの。変に慌てた俺は、少し申し訳なく思ってしま……ぬああ、頬《ほお》を舐めるなあ。

クロの顔は徐々に吐息《といき》が交わる距離《きょり》まで迫《せま》って来て……最後は俺に口づけをしてきた。もぐごご（舌を絡《から》めるなー）。

少しすると急速に体の感覚が戻ってきて、口も動くようになっている！　こ、これは本

当に治療だったのか……驚いた……なんてけしからん治療方法なんだろう。

「ありがとう、クロ」

「ゆうちゃん殿ー、よかったです！」

猫耳少女のクロは俺がしゃべれた事に感極《きわ》まった様子で、ギュッと俺を抱きしめると、ハッとしたように顔が真っ赤になり大浴場のすみへダッシュしていった。

「ハアハア、ゆうちゃん殿に、あんなことやこんなことをしてしまったでござる……吾輩、もう……お嫁《よめ》に行くしか」

妄想《もうそう》に入りかけたクロは、拳を握りしめて立ち上がる。

「ク、クロお、何してんだあ」

「え？　まずは泡《あわ》でゆうちゃん殿をキレイキレイして差し上げようと……」

おおおい！　気持ちは嬉《うれ》しいけど、それはＮＧだぜえ。

「もう動けるから大丈夫だって！」

俺は猫耳少女クロの頭を撫《な》でて、改めて礼をすると泡まみれになった彼女を残して風呂《ふろ》から飛び出たのだった。

◆◆◆

十分に回復した俺はさっきの巨大鶏がどうなったのか確かめに食堂へと向かうと、途《と》中《ちゅう》のロビーでマリーと出会う。

「お、マリー。さっきの巨大鶏はどこに行った？」

「あ、ゆうちゃん、回復したんだね！　よかったー」

マリーは俺の顔を見ると口から八重歯《やえば》を覗《のぞ》かせながら、満面の笑みを浮かべるとギュッと俺に抱《だ》きついて来た。

マリーの声で気が付いたのか、咲さんとユミも駆け寄ってきて二人とも俺を抱きしめてくる。彼女達って本当に全身で感情表現をしてくるな。恥ずかしさはないんだろう。

「勇人くん、よかったよお。元気になって」

「……ユウ……回復してよかった……」

二人とも俺をとっても心配してくれていたみたいで、ペロペロされていたことに一人オタオタしていた自分がなんだか申し訳なくなってきた……。い、いや、あれは治療行為《ちりょうこうい》、治療行為なんだ。

「鶏のせいで勇人くんが石化しちゃって、クロに治療してもらうように頼《たの》んだの。クロは治療の魔法《まほう》を使えるから」

咲さんは涙をたたえた目で俺を見つめながら、さきほどの事情を説明してくれた。

「ま、魔法……またファンタジーなものが……しかし、石化か……状態異常かよ！」

「うん、あの鶏の目を見ると石化するみたいなの。他の皆《みんな》は平気だったから知らなくて、ごめんね」

魔法に石化。摩訶不思議《まかふしぎ》なダンジョンは俺の常識が通じない「異界」だと咲さんたちは言っていたけど、まさしくその通りなんだな。

石化と治療？　魔法、その二つを体験して実感したよ。

「あー、ゆうちゃん、にわとりさんは庭でねてるよー」

マリーが最初に俺が聞いたことに答えてくれた。ほうほう、庭に転がっているのか。そのまま放置しているのは、勿体《もったい》なさすぎるだろお。

咲さんとユミはお風呂の手入れをしてくると言うので、俺はマリーと一緒《いっしょ》に庭へとやってきた。

マリーの言う通り、広い庭に巨大《きょだい》な鶏が倒《たお》れたままになっていた。あれが俺を石化した巨大鶏かあ……クロが『コカトリス』とか言っていた気がする。

あいつが俺を……固まった時のことを思い出すと、冷や汗《あせ》が出てきた……。

「ゆうちゃんー、にわとりさんを食べるんでしょー」

「あ、ああ。そうだった。ぜひ食べてみたい！」

「どうやって食べるのー？」

「えっと、まず首を切《き》って吊り下げて血を抜《ぬ》いてだな」

「血？　血ならもうないよー。ちゅーしたからー」

「そ、そうか、それはある意味便利だな……」

血抜きが完了《かんりょう》しているとなると、あとは羽をむしって部位ごとにさばくだけか。こんな大きな鶏をさばいたことはないけど、何とかなるかな？

「ゆうちゃん、つかまえたー」

「な、なんだよ突然《とつぜん》⁉」

マリーは突然「えーい」と俺の腰にタックルしてそのままターコイズのような美しい瞳《ひとみ》で見つめてくる。

「あとはどうするのー？」

「あ、ああ。羽をむしって、部位ごとにさばくだけだよ」

「おーけー」

マリーは俺から体を離《はな》すと、いそいそと……。

「ま、待てマリー、何故《なぜ》そうなる？」

「えー、脱《ぬ》がないと汚《よご》れちゃうじゃないー」

「ちょ、ま、待って！」

血がないなら汚れないいんじゃねえ？　なんて考えている間にもドレスを一気に下までおろすマリー。

「だから待てとお！　後ろ向くから！」

「んー、ゆうちゃんー、ちょっと待っててね」

「おー。着たら教えてくれよ」

ようやく、マリーも察した様子だ。そうだよ、捌《さば》くのに服を脱ぐ必要はないよな。

待つこと二分程《ほど》――。

「ゆうちゃんー、終わったよー」

マリーの声が後ろからしたので振《ふ》り向くと――。

「何も着てないじゃないかあ！」

言ってる意味をまるで分かっていない。俺は頭を抱え、マリーへ言葉を続ける。

「マリー、服、服だ、服を着るんだ」

「あーうんー」

衣《きぬ》ズレの音がしてマリーが「いいよー」と呼ぶ声がしたので振り向くと、今度はさっき着ていた服に戻《もど》っていた。

「服を着ろって言ったよな？」

「んー、にわとりさんをさばくところを見たくないのかなーって」

「え？」

俺は思わず巨大鶏《にわとり》のあった場所を見てみると、巨大鶏はお肉の塊《かたまり》になっていた。

「いつのまに……」

「羽をとってー、爪《つめ》でスパーンと」

「すげえ！」

なるほど、とんでもないすれ違《ちが》いだったわけか。捌いてくれって言ったつもりじゃなかったんだけどなあ。

「マリーの爪で肉を切り裂《さ》けるんだな」

「うんー。便利でしょー」

当たれば俺も真っ二つになりそうで怖《こわ》いわ。

ともあれ必要分の肉が手に入ったので、俺はマリーと協力して庭に広がる残りの肉を全《すべ》て冷蔵庫に入れる。キッチンではトミー姐《ねえ》さんがパイプ椅子《いす》に腰《こし》かけ、色っぽくキセルを吹《ふ》かしていた。

俺は皆で食べられそうな量だけまな板の上に鶏肉《とりにく》を載《の》せると、村正《むらまさ》と書かれた包丁を手に持ち調理に取り掛《か》かる。

巨大鶏の肉を一口サイズに切り分けてたところで、俺はダンジョンで咲さんが運び出していた一メートルほどもある卵のことを思い出す。

「マリー、卵も持って帰っていなかったっけ？」

「うんー、卵は二十個ほど冷蔵庫に入っているよー。残りはトミー姐さんの妖術《ようじゅつ》でー」

「二十個も取ったっけ？　確か一個だけだったと思うんだけど」

「あれはー、大きな卵の殻《から》を割ると中にいっぱい小さな卵が入っているんだよー」

？？？？　さすがダンジョン……俺の常識は全く通用しねえ。俺はどれどれと冷蔵庫を開けると、確かに中には鶏卵《けいらん》より一回りほど大きな卵が入っていた。

よおし、これを使って料理を再開だ。

平たい専用の鍋《なべ》にだし汁《じる》と醤油《しょうゆ》、みりんを加え味を整えると、切り分けた巨大鶏の肉と縦長に細く切った玉ねぎを入れてグツグツと煮込《にこ》む。

頃合《ころあ》いを見て溶《と》き卵を流し込み火を止めて蒸《む》らす。その間にどんぶりへご飯を盛って鍋から中身を移すと親子丼《おやこどん》の完成だ！

「おお、見事なもんじゃの。勇人」

「ト、トミー姐さん、見るのはいいんですが、その……胸が」

「サービスじゃ」

俺の肩《かた》へ自己主張の激しい胸を乗せてきたトミー姐さんは、いたずらっぽくカラカラと笑い、ついと俺から体を離す。集中している時は気が付かなかったけど、意識すると顔が赤くなってしまう。

「すごーい、ゆうちゃんーお料理がじょうずー」

マリーは手を叩《たた》いて俺を褒《ほ》めてくれた。こういうときは、子供っぽい仕草が可愛《かわい》いよな

あ、マリーって。黙《だま》っていると美しいビスク・ドールのように清楚《せいそ》な印象さえ受ける彼女だけど、笑うとほんとうに愛らしい。

ついでに、デザート代わりに作っていたプリンの仕上げをする。生クリームを仕立てるために砂糖を探したらダンジョン産の蜂蜜《はちみつ》というボトルがあったが、どうやって採ったかは教えてもらえなかった……。

そんな俺の姿をじっと見ている咲さん。何が気になるんだろう？ってああ。

「よければ、味見する？」

「え、いいの？　魂《たましい》みたいな白いふわふわが気になってたの」

「お、おう。じゃあどうぞ」

クリームをスプーンで掬《すく》って咲さんに差し出す。

「んっ」

未知の甘みに蕩けた表情を浮かべた咲さんは、名残惜しそうにスプーンから舌を離した。

そ、それにしても色っぽい顔で食べるものだ……ドキリとしたよ。

「ん、ごちそうさま」

◆◆◆

「……よし。じゃあ、食べよう！」

　生気を取り戻した俺は完成した親子丼を朱塗《しゅぬ》りの器《うつわ》に盛り、香《こう》の物と地元味噌《みそ》の汁物《しるもの》をそえてお盆《ぼん》に載せると、食堂のテーブルまで運ぶ。しかし、ここもすっかり変わったよなあ。今では無垢《むく》の木でできたテーブルに、同じ材質の上品なこげ茶色をした椅子がセットで一席になっている。それが十セット並ぶおしゃれな食堂に様変わりしているのだ。

「さあマリー、トミー姐さん、食べてみてくれ。俺も食べてみる」

「うむ、いただくとしようかの」

「うんー」

　どんぶりの蓋《ふた》をあけると、ものすごくいい匂《にお》いが漂《ただよ》ってくる。うーん、匂いだけでも旨《うま》そうな雰囲気《ふんいき》がプンプンしているぞ。

　俺はゴクリと生唾《なまつば》を飲み込み、箸《はし》を持つと親子丼を口の中へかきこんだ。

うおおおお。何だこれは。野生の鳥って奴《やつ》は筋肉質で固く脂肪《しぼう》が少ないから、飼育されて美味《おい》しくなるように改良された鶏には味が劣《おと》る。しかしこれはどうだ。

　弾力《だんりょく》があってちょうどいい歯ごたえで、嚙《か》みしめると肉汁《にくじゅう》がこれでもかと溢《あふ》れだす。そして野趣《やしゅ》の深みあるコクと旨味が絡《から》み合い、俺の舌を刺激《しげき》してくる。

　これは凄《すご》いぞ。おまけに卵も素晴《すば》らしい！　この鶏肉と同じで、味が普通《ふつう》の卵よりしっかりしていて、濃厚《のうこう》な舌触《したざわ》りにほのかな甘さが感じ取れるのだ。

「うまい！　うまいぞこの肉も！　卵も！」

「確かに美味じゃ。人間の料理とはすばらしいものじゃの。塩を振ったりそのまま生で食べるのと違って、素材を組み合わせ正しく調理を行うと、これほどの味になるとはの……感服したぞ勇人！」

「おいしー、ゆうちゃん、すごーい！」

トミー姐さんとマリーは親子丼の味に驚《おどろ》いている様子だ。そりゃそうか。俺だってもうこれ以上ないってくらい旨くて驚いたよ！

「すげえ、すげえよ！　ダンジョンの鶏と卵！」

これならきっと明日のお客さんも満足してくれるはずだ！

◆◆◆

——翌日。

夜になると待ち構えていた家族連れの宿泊客《しゅくはくきゃく》が宿に到着《とうちゃく》する。彼らは一歩宿の中に入ると、外観と中のあまりの差にかなり驚いている様子だった。そうなんだ、外観は最初のオンボロ宿のままだったんだよな。だけど、これはあえてこのままにしているのだ。

もちろん蜘蛛《くも》の巣《す》とか不快を感じるものは掃除《そうじ》してあるんだけど、こうしておくことで由緒《ゆいしょ》ある老舗《しにせ》の温泉宿って感じがするじゃないか。

もう一つの理由は、骸骨くんが外に出て誰《だれ》かに見られることを恐《おそ》れたからなんだが。

さっそく二部式着物に着替《きが》えた看板娘《むすめ》の咲さんとマリー、そして地味な作務衣《さむえ》姿の俺はお客さんを出迎《でむか》える。

家族連れの構成は、両親と小学校低学年くらいの男の子とその子より少し下に見える女の子の合計四人か。お、さっそくマリーが接客に向かっていた。

マリーが接客する姿を遠目で見ていたのだが、男の子が急に走り出してしまった。そうだよなあ。これくらいの歳《とし》の男の子は元気一杯《げんきいっぱい》だよな。俺はなるべく遠くに行かないように男の子の相手をしながら、咲さんが両親と行っている受付の様子を眺《なが》める。

練習の成果を発揮した二人は特に問題なく仕事をこなしていく。よおし、いいぞお。

「ねーねー。お姉ちゃん！」

いつの間にか両親のもとへ戻った男の子がマリーの腕《うで》をとり、何かを指さしている。

「どうしたのー？」

ま、まずいぞ！　触《ふ》れられたことでマリーの目が赤色に変わっている。

「トイレですか？」

俺はマリーと男の子の間をインターセプトして、トイレの位置を示した。

し、しかしマリーが！　赤い瞳《ひとみ》で男の子を見ているじゃないか。俺は男の子を追いかけようとしたマリーに向けて体を投げ出す。まあ、彼女を抱《だ》きとめたように見えるだろう。

「マリー、我慢《がまん》、我慢だ」

俺が小声で囁《ささや》くと、マリーはフルフルと首を振《ふ》る。

「ゆうちゃんー」

ダメだ。標的は俺に変わったが、意識が元に戻ってこねえ。

幸いというか何というか、両親と女の子は咲さんに案内をされて既《すで》に客室に向かってい
る様子だし、男の子はトイレに駆《か》け込んでいった。

「マ、マリー、と、とりあえず離《はな》れて……」

「えー、やだー。ちゅーするー」

し、仕方ない。俺はマリーを姫抱《ひめだ》きすると、カウンターの奥へと運ぶ……。

「ゆうちゃんー、離れたらやだー。ゆうちゃんがちゅーしてくれないと、あの子を襲《おそ》っち
ゃうかもー」

「く、首に抱きつくんじゃない。わ、分かったから、夜まで我慢してくれよ」

「えー、それってー」

「俺にちゅーしていいから、お客さんには手を出さないでくれえ」

「わーい。ゆうちゃんだいすきー」

マリーが再び抱きついてきたけど、目が赤いだけで光ってはいない。なんだよ、我慢で

きるんじゃないか。いや、後でちゅーできるから表向き落ち着いているだけなのかもしれない……。

夕食の時間になり、昨日絶賛された親子丼に、サラダ、味噌汁と定食屋風なメニューを出した。すると俺の予想通り、家族連れは親子丼のあまりの旨さに声をあげて絶賛していた。うんうん、石化してまで用意した甲斐《かい》があったよ。

今回は急場しのぎだったから仕方ないけど、次からはちゃんと温泉宿っぽいメニューを出していきたいな。

ともあれ、ダンジョン産の食材は、必ずお客さんに受けると確信することができた！

この後は骸骨くんが女の子とニアミスする程度で、特にトラブルも無く翌朝を迎《むか》えることができた。あ、ああ……俺はしっかりマリーとちゅーしたけどね。

ここまでは多少のトラブルがあったが順調だった。だが、事件は家族連れが帰る間際《まぎわ》に起こる。

ロビーに来た男の子が、置いてあったボールを蹴《け》って転がしてしまう。

「ボール、取ってあげるね」

気づいた咲さんが男の子へ声をかけ、転がるボールを追いかけていく。

そこへ、女の子がちょうど通りかかって、咲さんはよろけてしまった。

「咲さん、危ない、足元にボール！」

「え？」

バランスを崩《くず》す咲さん。

ま、まずい！　あのまま転んじゃったら。

「咲さん！」

「ゆ、勇人くん、ごめんなさい！　と、取れちゃった……全部見えちゃう」

「大丈夫《だいじょうぶ》。見えないように俺の体で隠《かく》してるから」

「う、うん……で、でも恥《は》ずかしい……」

必死でそれどころじゃなかったけど、言われてみると……た、確かに恥ずかしい。

「ご、ごめん、壁《かべ》に押し倒《たお》す気はなかったんだけど」

「そ、それは構わないんだけど、勇人くんにズレた頭を見られているから……」

「そ、そうだね……ははは」

視線をさえぎるため、なるべく密着するしかない。結果、俺が咲さんを恋人《こいびと》のように抱きしめている姿になってしまった。

「お姉さんとお兄さん、チューするのー？」

と、そこへ男の子が興味深そうに聞いてきた。誤解があるようだが、ふう、気づかれなくてよかったよ。微笑《ほほえ》ましそうにこちらを見ているご両親の前で、そのまま頭をかく。

最後にハプニングがあったものの、俺達は何とか家族連れに満足してもらって、無事接客を終えることができたのだった。帰り際にお客さんは俺へ、特に檜風呂《ひのきぶろ》と親子丼《おやこどん》が良かったと伝えてくれたんだ。

立て直しを頑張《がんば》ったところが評価されたのはとても嬉《うれ》しかった。これは今後、お客さんの増加が期待できる！

し、しかし……、疲《つか》れた……。

◆◆◆

彼らを見送った後、俺はぐったりしていたが、急ぎロビーへ戻《もど》る。覚えているうちに、咲さんとマリーへ今回の接客について話をしておかないといけないと思ったのだ。

「勇人くん、お疲れ様」

「ゆうちゃんー終わったねー」

咲さんは俺の両手を握《にぎ》りしめて達成感を噛みしめている様子……。

「うおお、マリー」

「ゆうちゃんー咲さんばっかりずるいー」

マリーはひまわりのような満面の笑《え》みを浮《う》かべて勢いよく後ろから抱きついてきた。

「マリー。さっきのは違《ちが》うんだ」

「んーなになにー？　このままちゅーしていいのー？」

「こ、こら、首に舌を這《は》わすんじゃない」

待て待て、疲れもあって勢いに流されそうだ。

「マリー、ちゃんと我慢しないとダメじゃない」

俺の言いたいことを咲さんが言ってくれた。

「だってー、触《さわ》ると、ちゅーしたくなるんだもんー」

これはダメだ。このまま流されては今後の接客にも支障がでてしまう。

「マリー、ちゅーしたくなるのは、接触《せっしょく》しなかったら大丈夫なのかな？」

俺の問いかけにマリーは「それならなんとかー」と答えた。はあー、俺は大きく息を吐《は》く。接客では厳しいかもしれないが、なんとかしないと。

「勇人くん、かなりお疲れなのかな？」

そんな俺の様子を見た咲さんは「んー」と言いながら、俺の額に手を当ててくる。ひんやりとして気持ちいいけど、昨日触れ合った唇《くちびる》が目に入ってドキドキしてしまう。

「ま、まあ、動き回ったし、それなりに疲れたかな」

「勇人くん、転んじゃった時はありがとう。やっぱり首が取れちゃったね」

しょぼん、と俯《うつむ》く咲さん。そんな姿も可愛《かわい》い。

「いや、あれは仕方ないよ。あの男の子はやんちゃだったよなあ。今後は、子供が来るときは特に注意しないとだね」

「でも、革《かわ》ベルトのおかげで普段《ふだん》のお仕事なら大丈夫そうよ」

「それは良かったよ」

　咲さんは俺の額から手を離すと、首に巻いている革ベルトに手をやる。俺も彼女の首に巻かれた革ベルトを見て微笑む。

「少し休憩《きゆうけい》するよ。マリーの対策も考えてみる」

「うん」

　俺は咲さんとマリーに手を振り、ロビーから自室へ向かおうと歩き始める。すると、咲さんが後ろから俺の肩《かた》に手を当てて呼び止めて来た。

「咲さん？」

「勇人くん、覆《おお》いかぶさってくれた時、ちょっとカッコ良かったよ」

　咲さんは俺の耳元で囁くようにそう告げた。

　思わぬ不意打ちに俺は思わず顔が火照《ほて》ってしまい、彼女にその顔を見られないように、駆けるような速度で部屋へと向かった。

◆◆◆

部屋に戻って落ち着こうとするが、「カッコ良かった」という咲さんの言葉を頭の中で何度もリフレインしてしまう。我ながら惚《ほ》れっぽいなあとニヤついていると、縁側《えんがわ》で丸まっていた白猫《しろねこ》姿のクロと目があってしまったので急に恥ずかしさが……。

「い、いや、これはだな、クロ……」

「いい事があったんです？　お客さんが満足してくれたんでござるか？」

「あ、ああ、うん。大満足で帰ってくれたよ」

「それは良かったです！　ゆうちゃん殿《どの》がいろいろやってくれたお陰《かげ》ですぞ。吾輩《わがはい》、何もしてはござらんが……」

「いやいや、そんなことないだろ……」

治療《ちりよう》魔法《まほう》とか……と思わず口にでそうになったが、慌《あわ》てて口を閉じる。

俺はクロを膝《ひざ》の上に乗せてナデナデしながら、思案し始めた。

そういえば、あの家族連れはどうやってここへ電話をかけてきたんだろう？　情報サイトか何かに載《の》ってるのかなあ。

「ゆ、ゆうちゃん殿お。あっ……」

俺はスマホを手に取ると、朧温泉宿で検索《けんさく》してみる。が、何も出てこなかったので、飛驒高山の温泉宿リストが記載《きさい》されているページを順に見ていく……あ、あったあった。

「耳の付け根はダメでござるうう。あ、そっちはお腹《なか》でござるよぉ」

検索に集中したせいで無意識にクロを撫《な》で回しながら、リンクを開く。朧温泉宿の名前と電話番号だけ記載されているな。んー、何か大々的に宣伝したいところだけど……まずはすぐにできることからやってみようかな。改装した朧温泉宿の姿と美少女揃《ぞろ》いの従業員をサイトに載せておけば、それだけで目を引くだろうからね。

俺は二部式着物を着て可愛《かわい》らしく微笑む咲さんらの顔を思い浮かべ深く頷《うなず》く……。

「ハアハア……ゆうちゃん殿……悪そうな顔をしているでござる……吾輩、ワイルドな男の子も好きです！　で、でも吾輩、もう……限界です！」

クロが俺のモフモフに耐《た》えられなくなったのか、全身を震《ふる》わせパタリと倒れ伏《ふ》す。その様子をボーッと眺《なが》めながら、俺はポンと手を叩《たた》き一言。

「クロ、撮影《さつえい》しよう。温泉宿とみんなの可愛らしい姿を写真に収めて集客だ！」

休憩を兼《か》ねてあれこれ考えながら俺はクロをたっぷり弄《もてあそ》ぶと、しばらくの後にその首を摑《つか》んで腕《うで》の中に収め、部屋を出てロビーに向かう。

ロビーには湯上がりと思《おぼ》しき咲さんとマリーがいた。しっとり濡《ぬ》れた体って色っぽいよなあ。などと思いつつ、俺は右手をあげて彼女らを呼び止める。

「咲さん、マリー、明日は宣伝用の写真を撮影したいんだけどいいかな？」

「分かったわ。なんだか楽しそう！」

「ほいー」

咲さんとマリーはすぐ快諾《かいだく》してくれた。お、カウンターに顔だけを乗せたユミが興味深そうにこちらを窺《うかが》っているじゃないか。狸耳《たぬきみみ》が聞き耳を立てている様子が愛らしい。

「ユミには、撮影を手伝ってもらってもいいかな？」

「……うん……」

俺はユミのサラサラの髪《かみ》の毛と狸耳を撫でながら、彼女にもお願いする。本当はユミにも被写体《ひしゃたい》になって欲しいんだけど、消せないらしくて狸耳が見えちゃうんだよなあ。帽子《ぼうし》か何かで隠せたら大丈夫だと思うが……。

しかし、着物に帽子はちょっとな……あ、ロビーでお客さん役として写ってもらってもいいか。ニット帽にホットパンツ姿なら違和感《いわかん》はなさそうだぞ。

幸い俺が持っているニット帽があるから、それをユミに被《かぶ》ってもらおうかな。少し大きめだけど、狸耳が隠れるからちょうどいい。

「ゆうちゃん殿ー、吾輩もいるです」

絶頂から戻ってきたクロが自己主張する。あ、すっかり忘れていたぞ。

「そうだな。ぜひクロも出演して欲しいな」

「わかったでござる！」

「朧温泉宿のマスコット、可愛いペットとしてな！」

「そんなあ、ゆうちゃん殿お、で、でも……すげなくされるのも、それはそれで興奮するです……」

　発情娘《むすめ》の戯言《たわごと》はさておき。よおし、撮影準備だあ。


　翌日、トミー姐《ねえ》さんの胸元《むなもと》から立派な一眼レフを抜《ぬ》き出した俺は、ユミにニット帽を被せてやると、細かくポーズを指定していく。ちゃんと狸耳が隠れていて、彼女の私服姿も違和感がなかった。うんうん。いいぞお。

「ユミ、そこのソファーに座って、膝の上にクロを乗せてもらえるか？」

「……うん……」

　おお、いいねえ。パパとママを待っている小学校高学年くらいの少女に見えるぞ。ニット帽から出ているオレンジと黒のマーブルカラーの髪の毛は少し派手だけど、モデルとしてはこれくらいでいいと思う。

「笑って笑ってー」

　ユミはぎこちなく口元をあげてくれるが……、ちょっと待てえ。

「クロ、その不気味な笑みはやめてくれ。素《す》の顔でいいから！」

白猫が変な笑みを見せて目を細めていたから怖《こわ》くて仕方ない。そのまま油でも舐《な》めそうだ。もっと無表情で座っていてくれ……猫はそんな表情をしないから。

「の、罵《ののし》られるのもいいです……ハアハア」

なぜか悶《もだ》えだした猫は放置して、俺は次の作業に取り掛《か》かろうとマリーと咲さんの方へ振《ふ》り返る。

「咲さん、マリー、カウンターの前で並んで立ってくれるかな？」

うん、いい感じだぞ。こんな二人がお出迎《でむか》えしてくれる和風なロビー。うん、俺だったら絶対予約したくなるよ。

「ありがとう、みんな！」

俺はお礼を言ってから自慢《じまん》の檜風呂がある浴場の撮影に向かう。

ここまではよかった。いや、普通《ふつう》過ぎて彼女らが人間と感覚が違う事をついつい忘れ、何も指示を出さなかった俺にも問題があったんだけど……。

脱衣《だつい》場を抜け、浴場の扉《とびら》を開けると、

「し、失礼しましたああ！」

「なんじゃ、ここは撮影せぬのか？」

男湯なのにトミー姐さんが入ってるじゃねーか！　み、見えてしまったぜ。

一度ロビーに戻《もど》って、深呼吸し再度浴場に向かう……。一体なんの罠《わな》なんだ？

トミー姐さんの姿が消えていたので、俺は檜風呂《ひのきぶろ》と浴場の様子を写真に収め、確認《かくにん》を行っていた。よっし、ちゃんと撮《と》れてるぞ！

その時――。

外の露天《ろてん》風呂からマリーが浴場に入って来た。いつの間に入ってたんだよ！　確かにマリーにも風呂《ふろ》には来なくて大丈夫《だいじょうぶ》と伝えていない。

しかし、写真を撮るって知ってるよね？　なんで何も着ていないいんだあ。

「勇人くん、どこで写真を撮るの？」

マリーを見ないように入口へ背を向けていた俺の後ろから咲さんの声が……まさか、咲さんまで⁉　一体どうなってるんだ？

固まる俺の前に現れた咲さんは、温泉紹介《しょうかい》のテレビ番組で見るように、バスタオルを胸から下へと巻き付けた姿で首を傾《かし》げていた。これって……。

「咲さん、それは……」

「ん、テレビで見たから、こうした方がいいのかなあって」

つまり、彼女たちは温泉に入ってるモデル役をするつもりだったのか。なーんだ。それなら全裸《ぜんら》じゃまずいだろ！

俺の渾身《こんしん》の内心突っ込みを他所《よそ》に、咲さんはそのままお風呂に入ろうとしている。

「あのー。さ、咲さん？　もしかして、下着をつけてないの？」

「うん、つけたほうがいいのかな？」

「あ、いや、そんな薄《うす》いバスタオルで風呂に入ると」

「入ると？」

透《す》けますよね。モデルさんは水着やニプレスなんかを使ってるんだけど、そういう「常識」は分かんないんだろうなあ。

「ゆうちゃんー、写真とらないのー？」

「マリー、咲さん、厚手のバスタオルに交換《こうかん》してもどってきてもらえるかな？」

俺の真剣《しんけん》な言葉に、二人は素直《すなお》に脱衣場へと向かう。このままではお客を呼ぶ広報活動どころか朧温泉宿が閉鎖《へいさ》されちゃうよ。

「ゆうちゃんー、着替《きが》えたよー」

「そうか、じゃあ二人で湯船の縁《ふち》に座ってみてくれ」

俺はレンズ越《ご》しに美少女たちがお風呂に入る姿を覗《のぞ》き見る。うーん、仕事をしているのに、なんだかいけないことをしている気持ちになってきたぞ。

「咲さん、マリー、せっかくだから露天風呂の方でも撮ろうよ」

檜風呂の縁に腰《こし》かけた二人をバッチリ撮影してから、俺は二人を外へと誘《さそ》う。二人は笑《え》顔《がお》で頷くと外湯の岩風呂へと歩いて行く。

岩風呂には外と隔《へだ》てる壁《かべ》の向こうに背の高い木が生《お》い茂《しげ》っているから、何枚かの葉っぱが湯の上に浮《う》かんでいた。これは、秋になって紅葉した葉っぱが落ちて来るとさぞ美しい光景になるだろうなあ。

咲さんとマリーはお湯の中に座りこちらに向けて微笑《ほほえ》んでいる。ほんのり赤く染まった顔が特に良い！

ん、なんか、岩風呂の中央からブクブク泡《あわ》が立ってるけど……何だろうこれ？　縁の岩に手をかけて、何だろうと覗き込もうと身を乗り出すと――。

「待ってましたぞお！」

人間形態のクロが湯の中から飛び出て来た！

「ステイ！」

俺の静止の声もむなしく、飼い主にじゃれる家猫のごとく、濡れそぼったクロに擦《す》り寄られてしまう。ぬおお、カメラは死守せねばー。

「いいなーゆうちゃんー、わたしもー」

「わ、私もいいかな……」

カメラのせいでじゃれるクロに無抵抗《むていこう》な俺の様子をみて、我慢《がまん》できなくなったらしい二人まで近寄ってくる。

「ゆうちゃん、ちゅー」

「ゆうちゃん殿《どの》、そこは吾輩《わがはい》の……」

クロお、体を擦《なす》り付けて匂《にお》いをつけようとするんじゃない。動物か！　いや、動物だったわ！　落ち着け俺！

「ご、ごめん、ば、バスタオルを……クロの分も取って来る……」

なんとか三人の魔手《ましゅ》から逃《のが》れた俺は、脱衣所へと逃《に》げ込む。こ、これじゃ撮影は今度だなもっと説明しないと——。ん、肌色《はだいろ》？

「おお、勇人よ戻ったようじゃな。外で撮るのか？」

「ここもかよ！」


「ありがとう、咲さん、マリー」

あの後、俺は湯船でのぼせてしまったクロを布団《ふとん》に運び、寝《ね》かせてからロビーへ戻って、二人に撮影のお礼を述べる。

「楽しかったわ、勇人くん」

「うんー。褒《ほ》めてー」

マリーは俺へ頭を差し出してくる。俺はとても疲《つか》れたけどな。ま、頑張《がんば》ったしご褒美《ほうび》だ。

彼女の絹糸のような金髪《きんぱつ》の頭を撫でると、マリーは「んー」と呟《つぶや》いて気持ち良さそうに目を細める。

「全く、マリーは子供なんだから」

仕方ないわねといった風に咲さんが口を挟《はさ》むと、マリーも負けてない。

「えー、咲さんはナデナデして欲しくないのー？」

「……そういえば、人間の親愛表現の一つに頭を撫《な》でるというのがあったわね……」

「どうなのー？」

「体験してみたい気持ちはあるかな……」

咲さんはそっと頭を少し下げて、上目遣《うわめづか》いにこちらを見つめてきた。

俺は咲さんの前までくると、彼女の頭を軽く撫でてあげる。

「……ありがとう、勇人くん」

「やっぱり撫でられたかったんだー咲さん」

俺にお礼を言った咲さんにマリーが絡《から》んでくる。咲さんはマリーにはやし立てられたことに少しご立腹するのかなと思ったけど、彼女は意外な反応を見せる。

彼女は指を顎《あご》にあて「うーん」と何やら思案顔をした後、少しだけ頬《ほお》に赤みがさす。

「勇人くん、撫でられると嬉《うれ》しいかも……」

咲さんは俺の手を取り、花が咲《さ》くような笑顔で俺にそう呟いた。

二人と別れた俺は自室でスマホから情報サイトに登録を行う。写真は誰《だれ》も写っていない檜風呂、咲さんとマリーが微笑むロビー、クロとユミが腰かけるソファーの三点だ。

これでお客さんが少しでも来てくれたらいいなあ。

◆◆◆

ネットで朧温泉宿をアピールした結果、新たに二組ほどのお客さんが来てくれた。あれから皆《みんな》とまたダンジョンに潜《もぐ》り、水菜や大根などの野菜、キノコなど地元産の食材を獲《と》ってきたので、メインの鶏《とり》料理メニューも充実《じゅうじつ》しているのだ。

その甲斐《かい》あって「おいしい」と絶賛してくれたので、料理のおもてなしは大成功だったと言っていいだろう。

ときどき、人外であり従業員が多少変な対応を見せることもあるけど、彼女たちは可愛《かわい》らしいし他《ほか》が大満足の出来栄《できば》えなので問題になってはいなかった。

つまり、お客さんは朧温泉宿に満足して帰ってくれているってことだ。うんうん、いい感じに軌道《きどう》に乗り始めているぞ。

そろそろここで朧温泉宿の「一番の売り」になるものを開発したいところだな……。

「ありがとうございました。またのご来館お待ちしております」

ロビーのカウンターで咲さんがお客さんを見送る姿を眺《なが》めながら、俺は温泉宿の「キラーアイテム」について考えを巡《めぐ》らせていた。

「ゆうちゃんー、どうしたのー？　難しい顔をしてー」

俺の隣《となり》で一緒《いっしょ》にお客さんへ向けお辞儀《じぎ》をしていたマリーが、俺の服の裾《すそ》を引っ張る。

「ん、いや。お客さんも来るようになってきたからさ、そろそろ朧温泉宿の『一番の売り』というか『オンリーワンの名物』的なものを用意したいなーとか」

「おー、さすがゆうちゃん、頭いいー」

マリーは満面の笑みで俺の腕《うで》をブンブン振り回してくるけど、俺の言っていることを理解しているのかは謎《なぞ》だ……。

「勇人くん、『名物』って？」

お見送りから戻ってきた咲さんも尋《たず》ねてくる。

「この温泉宿だけでしか味わえないような個性的なものを……。いやダンジョン産の鶏《にわとり》や野菜も素晴《すば》らしいんだけど、こう……飛驒高山な感じのものが」

「ええと、それってユミの好きなみたらし団子みたいなのかな？」

「そうそう！　地元のお土産《みやげ》物屋で売っているような『ここだけ』って名物を、何かダンジョンの食材を使って……」

「……お団子……」

うお。団子という言葉を聞きつけたユミがいつの間にか俺の隣にいて会話に割り込んできた。

「ユミ、今度俺がお団子を作ってあげるよ」

「……ありがとう……」

んー、地元の土産物屋でも見に行くかなあ。と思っていたらユミが言葉を続ける。

「……ユウ……土産《みやげ》といえば……五平餅《ごへいもち》、みたらし団子、氷ミカン……」

「おお、ユミは詳《くわ》しそうだな。他には何があるだろ？」

「……まだまだある……朴葉《ほおば》みそ、高山ラーメン……飛騨牛……」

おお、いろいろあるんだな。

「あ、勇人くん、牛ならダンジョンにいるわよ」

咲さんがポンと手を打ち呟く。

「おー、うしさんー、行くー？　ゆうちゃん？」

マリーも牛の居所を知っているらしい。

「……ユウ……全員で行く？」

「牛肉か……飛騨牛と言い張っていいのか微妙《びみょう》なところだけど、確かに飛騨高山には牛肉を出す店が多くて人気店がいくつもあるな。鶏肉があれだけ旨《うま》かったわけだし、『謎の肉』かもしれない。よおし、牛を捕獲《ほかく》しにダンジョンへ行くか！」

「おー」

「分かったわ。勇人くん」

「……うん……」

そんなこんなで、朧温泉宿名物になるかもしれない「ダンジョン牛」を捕獲すべく、みんなでダンジョンに向かうことになった。

牛だったら肉だけじゃなくて、チーズや牛乳などの乳製品も手に入るかもしれない。

準備のために部屋へ戻《もど》ると、縁側《えんがわ》には白猫《しろねこ》形態のクロが丸くなってあくびをしていた。

俺に気が付いた彼女は声をかけてくる。

「ゆうちゃん殿、何処《どこ》か行くのです？」

「うん、牛を捕獲しにダンジョンへ行くつもりなんだよ。クロも来てくれるか？」

「もちろんですとも！　ゆうちゃん殿と一緒なら何処にでもいくでござる。何かあればすぐに癒《いや》しの魔法《まほう》を……ハアハア」

「助かるよ」

クロは俺の肩《かた》に乗っかって「おー」と言わんばかりに右前脚《みぎまえあし》をあげる。久しぶりのお出かけでウキウキしてそうだな。

ロビーにクロを連れて戻ると、咲さんたちは着替えて既《すで》にロビーに集合していた。ここに集まったのはトミー姐《ねえ》さんを除く全員だ。

咲さんもマリーも温泉宿の制服から最初に着ていた制服、いや私服姿に戻っている。戦うなら、セーラー服とゴスロリの方がいいってことかな？　確かに私服の方が動きやすそうではある。

「ええと、トミー姐さんは温泉宿で電話番をしてもらうからお留守番として、今回は骸骨くんも一緒に来てくれるのかな？」

「うん。今回は皆で行こうって。お肉集め頑張ろうね」

咲さんは両手を胸の前でギュッと握《にぎ》りしめて、元気よく応《こた》えてくれた。骸骨くんはカタカタと体を揺《ゆ》らしながら、親指を上へ突《つ》き出す。

「あ、勇人くん、牛のいる階層ならまだ大丈夫《だいじょうぶ》なんだけど、もっと深いところに潜る時にはちゃんと役割を決めておかないと大変かな」

「ん、ダンジョンのことはまだよくわからないから教えてくれないかな？」

咲さんが役割を決めてとか言っているんだけど、ダンジョンのモンスターの強さとか階層とか、どうすればいいのか俺にはとんと分からない。

俺が考えを巡らせている間にも、マリーとユミが何やら言いあいを始めている。

「おー、いつも教えてもらってばかりだから、わたしがー」

「……マリーだと……」

「わたしだってー、分かるんだよー」

「……言ってみて……」

「んーとねー、ダンジョンの五十階より深いところはちょっと注意、九十階より深いところはみんなで頑張るー」

「……ユウ、分かる？」

いや、分からん。とりあえず五十階より深いところまで行くと危険ってことだよな？

俺が首を傾《かたむ》けると、肩に乗った白猫のクロがフォローしてくれた。

「ゆうちゃん殿、ダンジョンの階層は百階まであるのです」

「ほうほう」

俺が感心したように頷《うなず》くと、白猫のクロが言葉を続ける。

「九十階までなら心配ないのです。でも、九十階以上の『深層』は、ちゃんと皆で役割を考えて動かないとダメってことでござる」

「ますますＲＰＧだな。てことは、今回はそんなに心配しなくて大丈夫ってこと？」

「そうでござる」

「分かった。ありがとうクロ」

よっし、じゃあ一丁行ってみますか！

◆◆◆

俺達はダンジョンへと足を運ぶ。マリーが例の蟻《あり》や巨大鶏《きょだい》を軽く仕留めると、奥を指さして俺に声をかける。

「ゆうちゃんー、エレベーターまで先に行ってるねー」

「エレベーター？」

俺が聞き返す言葉より早くマリーは奥へと進んで行ってしまった。

「……ユウ……奥にエレベーターがある……そこから牛のいる階層に移動できる……」

手を繋《つな》いでいるユミがマリーの代わりに補足してくれた。

「なるほど。ブルーリボンとか、ヴァンパイアってパスワードが必要だったりする？」

俺の言葉にユミは不思議そうな顔で首をコテンと傾《かし》げた。

巨大鶏の部屋を抜《ぬ》けると長い一本道になっていて、蟻が何匹《ひき》か床《ゆか》に転がっていた。そいつらを踏《ふ》まないように注意しながら進むと手を振《ふ》るマリーが見えてきた。

マリーの目の前にはビルの中で見るようなよくあるエレベーターの扉《とびら》があって、下へ行くボタンもちゃんとある。石造りのダンジョンにビルにあるようなエレベーターは場違《ばちが》い感が半端《はんぱ》ないぞ。

しかも、エレベーターの扉は色が真っ赤で派手というよりは目に痛い。

『うおおおおお』

エレベーターの扉の奥から低い男の叫《さけ》び声が近づいて来る。

「な、なんだなんだ」

慌《あわ》てる俺にマリーがどんなことが起こっているのか教えてくれる。

「んー、エレベーターくんが来てるんだよー」

「えらい騒《さわ》がしいエレベーターだな……」

「……いつも……騒がしい……ボクは苦手……」

「私もあまり好きじゃないかな」

ボソッとユミと咲さんが呟《つぶや》くけど、俺も同意見だよ。

そうこうしているうちに声がどんどん近くなってきて、チーンと音が鳴るとエレベーターの扉が開く。

中は……血のように真っ赤で周囲の壁《かべ》は血が滴《したた》るように液状になっている。壁からボタンが浮《う》き上がって来てマリーが四十七階のボタンを押した。

するとエレベーターは「うおおおお」と叫び声を上げながら下へと降りて行く。

五十階より浅い階層だから、モンスターも強くないってことかな。なんて思っていると

チーンという音が鳴ってエレベーターが到着《とうちゃく》を告げる。

◆◆◆

さてと、俺はエレベーターから慎重《しんちょう》に出ると……。

――のどかな牧場が広がっていた。

え、えええ。……なんだこの牧歌的な風景は。見渡《みわた》す限りの大草原。奥の方には柵《さく》で区切られた牧場らしき場所が見える。

「クロ……ここは危険なダンジョンだよな？」

あっけにとられた俺は肩に乗っかる白猫のクロに問いかけると、彼女はウンウンと首を縦に振っている。

「そうですぞ。しかしです、ゆうちゃん殿《どの》。ダンジョンも階層によっては襲《おそ》い掛《か》かって来るモンスターがいないところもあるのです」

「そ、そうか……まあ、安全な方がいいよな。うん」

そんなことなら、ピクニック気分で来たらよかったな。寝転《ねころ》がればそのまま寝られそうなポカポカ陽気だし、みんなでバスケットを囲んでお昼とか楽しそうじゃないか。

「えーと、牛はあの柵の向こうにいるのかな。牧場っぽいし」

「……うん……」

俺の呟きに、ユミが柵の向こうを指さす。おー、やはりそうなのか。

俺たちはのんびりした速度で柵を越《こ》えて牧場へ入っていく。遠くの方から「ふんもお」という鳴き声が聞こえてくるから、牛も近くにいるんだな。


周囲を見渡しながら牧場を進んで行くと、探していた牛を発見した。

思っていた通り、地上の牛とは少し見た目が違《ちが》うな。俺が知っている牛より二回りほど大きな体軀《たいく》なのはまだいいとして、模様が赤色の下地に黒色のホルスタイン柄《がら》だ。

「体の色が赤いじゃないか」

「うん、ダンジョンの牛は赤色なのよ」

「ゆうちゃん殿、あれは、赤牛ですぞ」

俺の突っ込みに咲さんとクロが口々に言葉を返してくれる。

ふむ、レッ●ブルか。それなら、

「牛乳の栄養価がすごく高そうだ」

「……ユウ……牛乳なら取れる……任せて……」

俺の呟きにユミが応じると、彼女は白い煙《けむり》をあげて牛乳を搾《しぼ》るのであろう長めのホースがついた搾乳《さくにゅう》機へと変化《へんげ》する。

ユミの変化した搾乳機は、宙に浮いて赤牛のおっぱいへ接続すると乳しぼりをはじめ、ホースから牛乳が勢いよく飛び散った。

勢いがよすぎてこっちまで牛乳が飛んできた。幸い俺には当たらなかったけど……。

「ユミ、もうちょっと抑《おさ》えないと……あーあ、濡《ぬ》れちゃったわ……」

後ろから咲さんの声がしたので振り返ると、頭から牛乳をかぶってしまった咲さんが目に入る。

「さ、咲さん、大丈夫？」

「うう、髪《かみ》の毛がベタベタになっちゃった。でも濡れただけだし大丈夫だよ」

俺のほうが大丈夫ではない。制服がスケスケだった。早くも戦闘《せんとう》不能になりそうだ。

そんなハプニングがあったが、骸骨くんが牛乳を集めてくれた後、マリーが肉用と思われる赤牛に噛《か》みついて吸血し赤牛が倒《たお》れ伏《ふ》す。そいつも、骸骨くんが軽々と抱《かか》え上げ、任務が完了《かんりょう》してしまった。

いやあ、いやにあっさりと終わったな。

「ありがとう、みんな。骸骨くん、一人で持って大丈夫なの？」

「ちょっと待つふも、うっしーが牛乳をとろうと思っていた牛に何するふもお」

ん、誰《だれ》だ？　声のした方を見てみると……なんというかいろいろ酷《ひど》い恰好《かっこう》をしたホルスタインみたいなおっぱいの眼鏡《めがね》をかけた女性が、腰《こし》に手を当ててプンスカしている。

彼女はホルスタイン柄のパーカーに、ひと昔、いやふた昔くらい前にジュリアナ辺りで流行《はや》った黄緑色のボディコンを着た、二十歳過ぎくらいに見えるエキセントリックな人型の女性だった。

だが、ウェーブのかかり過ぎた赤色の髪の毛の隙間《すきま》からは、牛のような角が二本生えている。ある意味凄《すご》いのは、眼鏡をかけているのに全く知性を感じさせない事か。

「ええと、君は……？」

俺は話しかけたくなかったが、社交辞令な気持ちで一応問いかけた。

「うっしーふも」

「うっしーか……まあ、ダンジョンだし赤牛は自然に湧《わ》いてくるんだろ？　じゃあな」

「待つふも！　せっかくだからうっしーのお店を見ていくふも？」

「こいつも会話が通じねえのかよ！」

人外の常識は人間の非常識。少し話をしただけで、なんだか疲《つか》れてしまった。もういいよな。帰ろうぜ。そんな俺の思いを全く汲《く》み取らず、マリーが両手を広げて飛び跳《は》ねる。

「ゆうちゃんー、おもしろそうだから行ってみようよー」

「えー」

気乗りしない俺に、クロが耳元で囁《ささや》く。

「ゆうちゃん殿、あの様子だと吾輩《わがはい》たちを罠《わな》に嵌《は》めるとかは無いと思うのですが……」

ああ、そうだな。あれが演技だとしたら、相当な役者だよ。しゃあねえな、行くかあ。

「マリー、少しだけだぞ。少し見たら帰るからな」

「やったー。ゆうちゃんー優《やさ》しいー」

俺はマリーに手を引かれながら、うっしーの後をついていき彼女の店に到着した。

◆◆◆

店の中は何というか予想外だ。ログハウス調の店内は整然と武器や防具が並んでおり、レジ横には透明《とうめい》な冷蔵庫があって、そこには牛乳やチーズなどの乳製品が置かれていた。

目の前の馬鹿面《ばかづら》からは想像できないちゃんとしたお店に俺は戦慄《せんりつ》した。あのホルスタイン……実はやり手の店長なのか？　俺はレジ横で座っているうっしーを見るが、やはり知性のかけらも感じない。

店内をぐるりと見回す。

俺も男の子なのでＲＰＧ風のアイテムに興味を引かれた。よし、剣《けん》から見てみようかな。

俺が剣を見に行くと、ユミが食い入るように見つめていた。詳《くわ》しいのかなと思って、目の前に立てかけてあった身の丈《たけ》ほどもある幅広《はばびろ》の大剣を指さす。

「ユミ、この剣なんだけど、何か分かる？」

「……それは……フラガラッハ……」

「え？　本物なの？」

「……たぶん……」

待て待て！　フラガラッハっていえば、太陽神ルーの剣か？　いやいやまさかな。

「神話ってなんかロマンを感じるよな」

「……うん……こっちはアスカロン……」

「うおお、アスカロンまで！」

アスカロンといえば、聖人ゲオルギウスが持つといわれる龍《りゅう》を退治した剣だ。本当か嘘《うそ》か分からないけど、ユミは剣が好きなのかな。

それが分かっただけでもここに来て良かったかも。

んー、伝説の剣があるのはいいが、どれも大きすぎて持てそうにないなあ……ん、なんだこれ。

俺は立派な剣の中に交じっていた土産《みやげ》物屋で売っているような木刀が目に入る。

「木刀かあ……ん、なになに、『あめのはばきり』って書いてあるな……油性ペンで。……うっしー？」

「なにふも？」

俺が呼びかけるとうっしーは「ふもふも」と鼻歌を歌いながらこちらにやって来た。

「これ……うっしーが書いたの？」

「そうふも。わかりやすいも？」

「……そ、そうか……まあいいや記念にこの木刀とチーズを売ってくれないか？」

「赤牛のチーズでいいふも？　それなら、一個百円も？　木刀も百円ふも」

「日本円でいいの？　じゃあ二つ包んでくれるかな？」

「チーズ二つと木刀で三百円ふも」

えらい安いな、大丈夫《だいじょうぶ》なのかよこの店……と思ったけど、ダンジョンの何処《どこ》で日本円を使うんだろう。まあいいや。

俺は三百円をうっしーに手渡すと、赤牛のチーズを受け取り共にリュックに入れた。木刀は腰に差しとくか。

「そういや、うっしー。『赤牛』のとか言ったけど、他《ほか》のもあるの？」

「うん、うっしーの牛乳もあるふも」

何故《なぜ》か顔を赤らめておっぱいをプルルンと震《ふる》わせるうっしー。う、うぜえ。

とても嫌《いや》な予感がした俺は「うっしーの」という言葉を聞かなかったことにすることを決めた。

うっしーの店を後にした俺達は、温泉宿に戻《もど》ってきて解散する。骸骨くんが赤牛をさばいてくれるというので、そのまま彼に赤牛の解体を任せることにした。

牛肉はある程度熟成させないとおいしくならないんだけど、ダンジョンの牛なら明日に食べてもおいしいかもしれない……。俺はそんなことを考えてよだれが出そうになりながら露天風呂《ろてんぶろ》で汗《あせ》を流し、自室へ戻る。

自室に戻ると、敷《し》いてあった布団《ふとん》が膨《ふく》らんでいた……。誰かいるなこれは……俺は掛け布団《ぶとん》を勢いよく引っぺがすと、あざといポーズをした褐色銀髪猫耳《かっしょくぎんぱつねこみみ》少女が目に入る。

「ゆうちゃん殿《どの》、お布団、あったためておきました故《ゆえ》……」

人間形態のクロは荒《あら》い息を吐《は》きながら、トロンとした瞳《ひとみ》でポッと頬《ほお》を朱《しゅ》に染める。

「そ……そうか、ありがとう」

「ゆうちゃん殿、ささ、こちらへ」

「じゃ、じゃあ失礼して……」

俺がノリツッコミのつもりで布団に入ると、クロは慌《あわ》てた様子で猫耳を激しく揺《ゆ》り動かして思いっきり動揺《どうよう》した様子だ。そしてすぐに「ゆうちゃん殿と……一緒《いっしょ》……」とか何度も呟《つぶや》いてゴロゴロのたうち回り始めた。

布団の中で見えないけど、悶《もだ》える彼女の体が当たったりしておちつかねえ……。そろそろ猫の姿に戻ってもらうかと声をかけようとすると、

「ゆうちゃん殿ぉ！」

甘えた声を出し、妄想《もうそう》状態のため何も目に入っていないクロが、イヤンイヤンとするよ

うに俺の背中をベシッと叩《たた》く……うおお、布団の外まで吹《ふ》き飛ばされたあ。

クロはこの温泉宿の人外の中でも力が強くない方と聞いてるけど、人間とは根本的に膂《りょ》力《りょく》が違う！

「クロー、おーい、クロー戻ってこーい」

「……っつ！」

クロはハッとしたように素《す》の表情に戻ると、ガバッと掛《か》け布団を勢いよく捲《めく》り周囲を見回す……。はは、天井《てんじょう》に座っているように見えるな。あ、目があった。

すると、彼女の顔がゆでだこのように真っ赤になり、猫耳もペタンと頭に引っ付く。

「あ、クロ……二人だと狭《せま》いかなあと……」

頭をポリポリかきながら、さっきのことに触《ふ》れず呟く俺。

「なんですと！　なら、これで」

察してくれたのか。クロもあたふたとして誤魔化《ごまか》すように白猫へ変化すると、再び布団の中へ潜《もぐ》っていった。

横になった俺はひとしきり白猫を撫《な》で回し、最後に尻尾《しっぽ》の根元をさわさわ。白猫がクタッと倒れ伏したあたりで満足し就寝《しゅうしん》した。

第三話　ドラゴン・肉・クエスト

──翌日。

マリーが血抜《ちぬ》きをして骸骨《がいこつ》くんが解体してくれた赤牛の肉は、既に冷蔵庫に入っていたから、その上質そうな肉をまな板の上に置く。

んー、半日程度の熟成になるけど、この赤牛はどうだろう。

などと考えながらも、目の前にあるダンジョン産の食材を目にして我慢《がまん》できるはずもなく。一口サイズ分だけ切り取ると、塩を振《ふ》り軽く焼いて食べてみた。焼肉だー！

うん、予想通り……いや予想以上においしい。世界のどんな最高牛肉だってこの赤牛には敵《かな》わないだろう。ただし……赤身に限る。

赤牛は地上の牧場で育てられる牛と異なり、脂肪《しぼう》分が余りない引き締《し》まった体をしていたのだ。それでも天然で硬《かた》い赤身にならないのはすごいことなんだけど、いくら美味でも赤身だけじゃ、お客さんへの売りとしては弱いかもしれない。

うーん、でも、この脂肪分の少ない赤牛の肉でも、やり方次第《しだい》ではこの上なく美味《おい》しい料理になるのは確信している。巨大鶏《きよだいにわとり》や卵の時も思ったが、牛肉ならではの芳醇《ほうじゆん》な味の深み。噛《か》んでも噛んでも旨味《うまみ》が出てくる食べ応《ごた》えは癖《くせ》になる。

……あ、そうか。料理人一人だと普通《ふつう》は難しいが、ここには骸骨くんがいる。彼？　に協力を要請《ようせい》しよう。

俺は思いついた料理を試《ため》すため、骸骨くんへと事情を説明すると彼は指でマルを作り快く引き受けてくれた。俺はさっそく肉をいい感じに切りながら、大鍋《おおなべ》に火をかけて骸骨くんへ火加減について説明した。

下ごしらえを終えた赤牛の肉を大鍋に放《ほう》り込むと、まず俺が手本に火加減を調節し次に骸骨くんが同じ事をする様子を隣《となり》で見つめる。

「骸骨くん、完璧《かんぺき》だよ！　一度見ただけで再現してしまうなんて」

俺の言葉にグッと親指を立てた骸骨くんは、任せろとばかりに肋骨《ろっこつ》をコツンと叩き俺に行っても大丈夫とジェスチャーで示す。

そんなわけで、お任せすること実に二十時間が経過する……。まさに「骸骨くんが一晩でやってくれました」状態なわけだが、鍋の様子はバッチリだぞ。

できあがった料理は「骸骨くんが丹精《たんせい》込めて煮込《にこ》んだ、赤牛のビーフシチュー」だ！

みんなを集めて食べてみたけど、赤身肉がトロトロになっていて、口に含《ふく》むととろけるほどの柔《やわ》らかさで美味しい！　俺の読み通り。赤牛の肉のいくらでも味が出るこの旨味は、ビーフシチューに存分に溶《と》け込んでルーだけでも勝負できるほどだ。

お客さん向けに出すメニューは、赤牛のビーフシチューの上にダンジョン産の半熟卵を載《の》せて食べてもらおう。これは食べてもらうのが楽しみになってきた。

俺は骸骨くんに改めてお礼を言うと、恍惚《こうこつ》の表情と服がはじけ飛びそうなリアクションをしている皆《みんな》を横目に、ビーフシチューをおかわりしにキッチンへ向かった。

名物「飛騨牛」と銘打《めいう》ったダンジョン産赤牛のトロトロビーフシチューは好評で、徐々《じょじょ》に増えてきたお客さんからも毎回お褒《ほ》めの言葉を頂戴《ちょうだい》している。俺達の温泉宿はかなり立て直ってきたと思うんだけど、旅館情報サイトの片隅《かたすみ》にこっそり載っているだけだから、いくら温泉宿自体が良くても客足はなかなか伸《の》びないんだよな。

じゃあ、ここらで一発何か宣伝になるものを……あ、そうだ。俺の地元は和歌山県白浜《しらはま》なんだけど、あそこは毎年海の家の出店を募集《ぼしゅう》していたはず。じいちゃんの伝手《つて》で一日か二日でも空いてたらやってみるか、海の家！

ここしばらくの立て直し作業ですっかり仲良くなった咲《さき》さんたちの水着姿も見られるかもしれない……。あ、いかんいかん、まずは彼女たちに聞いてみないとだよな。

俺は海の家で出す料理のメニューを考えながら食堂まで歩く。

途中《とちゅう》のロビーで咲さんとマリーと合流し、いつのまにか後ろについて来たクロとユミ、食堂のキッチンにはトミー姐《ねえ》さんと骸骨くんが待っていた。おお、全員揃《そろ》った。

「勇人《ゆうと》よ、その顔は何か思いついたようじゃな？」

着流し姿のトミー姐さんは、ニヤリと口元に笑《え》みをたたえる。

「はい。ええと、うちの地元に海水浴場がありまして、そこで海の家を借りてうちの温泉宿をアピールできないかなと」

「おお！　それはよいの！」

トミー姐さんはポンと手を打ち俺の案に賛同してくれる。

「勇人くん、次から次へとアイデアを出してくれてすごいわ」

「おもしろそー」

「……うん……」

「海……ゆうちゃん殿とちゃぷちゃぷ……い、いけませぬ、そこは！　水の中だから見えない？　もう、ゆうちゃん殿ぉ……」

一名聞いちゃいねえのがいるが、いつものことだから気にしないことにして……うん、骸骨くんもカタカタと体を揺らして首を縦に振ってるし、よおし、やるぞ。

「それで、海の家で出すメニューなんだけど外で手軽に食べられるものをと思っているんだ」

「どんなものがいいのかな？　勇人くん」

　咲さんが小首を傾《かし》げ、人差し指を口に当てて尋《たず》ねてくる。

「一つは赤牛を使った焼きそばにしようかなと。残り二つは冷たくて甘いものがいいなーと考えてるんだけど」

　俺が言葉を続けようとするのを遮《さえぎ》って、マリーが両手を広げてブンブン振る。

「ゆうちゃんー、甘いものとってくるー」

「面白《おもしろ》そう、マリー。じゃあ競争ね！」

「待ってくれ、動く前に聞いてくれ。トミー姐さんと骸骨くんは俺がこれから焼きそばを作るのを見てて欲しい。それで……」

　全員で行くと思ってたけど、ソロで動きそうなみんなを見た俺は、慌てて両手をグワッと開く。

　正直クロとマリーを単独でダンジョンに解き放つと、何しでかすか分からないからなあ。できれば咲さんとユミについててもらいたいけど……どう言おうかなあ。

「勇人くん、何品くらいつくるの？」

　お、咲さんの言葉にピーンと来たぞ。

「海の家だとそんなにメニューを置けないから、二品準備しようと思う。四人バラバラに行って使わない食材が出たら嫌《いや》だしさ」

「おー。じゃあ、二人組でー」

マリーが片腕《かたうで》をあげて俺に同意を示す。よおし、いいぞお。

「……じゃあ……ボクはクロと行くよ……」

ユミ――。見た目は幼いけど、一番しっかりしてるよな。後でみたらし団子をあげよう。

まあ、今は猫のクロもああ見えてダンジョンだと戦うことができるんだから驚《おどろ》きだよな。

「咲さんー、行こうー」

マリーは咲さんの手を摑《つか》むとキャイキャイしながら、キッチンの奥へと消えて行った。

彼女らに続いて、ユミもまだハアハアしているクロを引き連れてダンジョンに向かう。

俺は二人の後ろ姿が見えなくなるまで眺《なが》めた後、トミー姐さんの方へ向きなおる。

「トミー姐さん、骸骨くん、今から焼きそばを作りますんで見ててください」

「相分かった、ぜひ見せておくれ。人間の料理は興味深いものだの。もちろん一度で覚えてみせよう」

そうなんだ……。親子丼《おやこどん》を始め、この宿で作った俺の料理を、トミー姐さんは一度見ただけで完璧に再現してみせた。この辺人外って凄《すご》いと思う。

じゃあ、調理と行きますか！

赤牛の肉を薄《うす》くスライスして、人参《にんじん》をカットしてモヤシを洗う。工夫《くふう》するのは麺《めん》とソースだ。赤牛の肉は非常に濃厚《のうこう》で芳醇な分、味が濃《こ》い。だから、麺に太麺をチョイスした。ソースも塩だれで味付けを行う。こうすることで、力強い赤牛の旨味を自然に引き立てることができるはず。ラーメンを想像して欲しい。濃い味のスープには太麺を使う事が多いだろ？　それと同じだ。それに、海の家は塩っ気が必要だからな。

添《そ》え物には、ダンジョン産の卵を使った目玉焼きを載せる。ダンジョン産の食材が二品入ったこの焼きそばは、これまでの焼きそばの常識を変える究極の一品になるはず。

「トミー姐さん、出来たよ。一緒《いっしょ》に食べよう」

「うむ……おお、おいしそうな香《かお》りじゃな」

俺は赤牛を使った焼きそばを皿に盛って、テーブルに置くとトミー姐さんと向かい合わせに座って口をつける。

お、おおおお。思った通り、とんでもなくうまいいい。卵と赤牛が合わさった強烈《きょうれつ》な衝撃《しょうげき》をうまく太麺が受けている。塩だれも卵と赤牛の味を殺していない。

「ほう、これはなかなか。美味な人間の料理を食べられるのも勇人のおかげじゃな！」

トミー姐さんは箸《はし》が止まらないといった様子で焼きそばを絶賛する。

焼きそばを食べ終わる頃《ころ》、人型になったクロとユミが手にスイカくらいのサイズがある巨大桃《もも》を抱《かか》えて戻《もど》ってきた。

「ク、クロ、服、服忘れてる！」

「吾輩《わがはい》、猫《ねこ》ですから服は着ないです」

そういえば、人型であった時はいつも裸《はだか》だった気がする。……ってそれどころじゃねえ。

「見えてる、見えてるって」

「桃を持っているから大丈夫《だいじょうぶ》です」

「いや、だから……。お客さんに見られたらどうすんだよお」

俺の言わんとしていることを察したユミが目線を合わせて頷《うなず》くと、彼女からボウンと白い煙《けむり》があがる。煙が晴れるとクロに服が装着されていた。

「ありがとう、ユミ」

クロは胸の辺りだけ覆《おお》う黒色のレザーベストに、太ももの付け根までしかない短いホットパンツを纏《まと》っている。ホットパンツも黒色のレザーで、お尻《しり》の辺りに肉球マークが入っていてクロらしくてよいと思う。この衣装《いしょう》、ユミのセンスなのかな？

いや、でもあれだな。あんなピッチリしたホットパンツを穿《は》くとお尻のラインがハッキリするな。尻尾《しっぽ》対策だろうか？　お客に見られたらマズいのはあんまり変わらなかった気もするが……。

「ん、どうしたでござるか？　ゆうちゃん殿《どの》？」

クロは首をコテンと傾《かたむ》ける。フワフワの毛で覆われた耳も一緒に横に倒《たお》れているのが可《か》愛《わい》らしいなあ。

「いや、その『服』がクロに似合っていて可愛《かわい》いなと思ってさ」

「……ゆうちゃん殿お」

クロは顔を真っ赤にして俺の名前を呼ぶ。

「コホン、ええと、クロ、その桃は？」

「ゆうちゃん殿、ダンジョンで採ってきたでござる！」

「どんな桃なの？」

「これはですな、仙桃《せんとう》と呼ばれる桃でござる。神樹に生《な》っているんですぞ！」

え……仙桃だとお。仙桃とは中国神話に伝えられるという、仙人や神々の間で食されるという桃では……いや、深く突《つ》っ込むのはよそう。

とにかく、うまそうなスイカサイズの桃があるってことが重要だ。

俺はクロから仙桃を受け取ると、まな板の上に載せて包丁をスッと入れる。

――うおお、すごい勢いで果汁《かじゅう》が飛んできた。

俺の手や顔が仙桃の果汁でベッタリになる。つつーと垂れてきた果汁が口に入ると体が痺《しび》れそうなほどの旨《うま》さだった。なんだろうこの爽《さわ》やかさは。口に入った時に桃のいい香りと甘さがブワッと広がり、それでいて後を引かず、満足感だけが残る。

「ゆうちゃん殿、ベタベタじゃないですか」

クロは俺の果汁塗《まみ》れの姿を見ると、近寄ってきて顔をペロペロと舐《な》め始めた。

え、ええええ。ちょ、ちょっと。ああ、ザラザラした舌が俺の頬《ほお》に。こいつ本質的に猫だな。てか、村正持ってる時にあぶねぇ！

「ク、クロー」

「ゆうちゃん殿、すっかり綺麗《きれい》になりましたぞ！」

「あ、うん……」

自慢《じまん》げに胸を張るクロだったが、耳まで真っ赤だぞ……。お前が恥《は》ずかしがるのかよ。

俺もドキドキしながら、仙桃を切り分けミキサーにかけてピュレにする。こいつを凍《こお》らせてシャーベットとして出そう。凍るまでお預けだけど、後から食べるのが楽しみだよ。

「ゆうちゃん、おまたせー」

お、マリーと咲さんも戻ってきたようだ。何を持ってきたんだろう。

ってマリーの顔がベタベタじゃないか一体何を？　手には一抱えもある素焼《すや》きの壺《つぼ》を持っているけど……。

「マリー、何を採って来たんだ？」

「んー、舐めてー」

マリーは白磁のような肌《はだ》に付着したベタベタの液体を指で掬《すく》ってから、俺へと向けてくる。このひと夏で幼女に指を舐めさせられるなんて、級友たちには言えないぜ。

「んん、ほう、これは！」

俺はマリーの指を舐めていることも忘れるほど、鮮烈《せんれつ》な蜂蜜《はちみつ》の味の虜《とりこ》になってしまう。これ、前に仕舞《しま》ってあった奴《やつ》か？　新鮮《しんせん》な蜂蜜がここまで旨いとは！

どんな花の蜜なのか分からないけど、ほのかなローズ系の香りが鼻孔《びこう》をくすぐり、普通《ふつう》の蜂蜜にあるようなロに残るくどさが全くないんだ。

「勇人よ、その蜂蜜で何を作るのじゃ？」

興味深そうにトミー姐さんが尋ねてくる。

「う、うーん。そうですね。牧場で採った牛乳がありますんで、それに蜂蜜を混ぜてソフトクリームにしましょう」

「ほうほう」

「勇人くん、どうぞ」

咲さんは立ち上がって俺の肩《かた》を掴むと、俺に牛乳を手渡《てわた》してきた。

「ありがとう、咲さん。マリー、じゃあ蜂蜜の入った壺をその台の上に置いてくれ」

「ほおい」

ソフトクリームはシンプルな料理なのでアレンジが難しいが、砂糖の代わりに蜂蜜を入れて作ってみよう。ダンジョン産の牛乳と蜂蜜のコラボレーションだ。

海の家ではテイクアウトに向いたものも必要だろう。

ソフトクリームが完成し、みんなに配ると休憩《きゅうけい》も兼《か》ねて試食会をすることにした。

「おいしいでござる！」

「おいしー」

「……うん、うん……」

「他所《よそ》で食べるより全然おいしいわ。さすが勇人くん」

クロ、マリー、ユミ、咲さんは顔をほころばせてソフトクリームを食べていた。俺はソフトクリームの味以上にみんなが笑顔《えがお》で食べているのが嬉《うれ》しくて大満足だよ。

そんな和気あいあいとした感じで、試食会は終了《しゅうりょう》したんだ。この三品ならきっと大成功するはずだと俺は確信したのだった。

◆◆◆

大型のワゴン車をレンタルして荷物を積み込んだ俺達は、飛騨高山から俺の地元の和歌山県白浜に向かう。道中は骸骨くんが全身が見えないような厚着をして、マスクと手袋《てぶくろ》を装着した姿でずっと運転してくれた。

いつもありがとう、骸骨くん。君のサポート力にはいつも助かっているよ。

そんなわけでやって参りました魅惑《みわく》のビーチ、白良浜《しららはま》！　ここは南国のビーチサイドのように真っ白な砂浜《すなはま》なんだよね。

到着《とうちゃく》した俺達は、屋根と座席、キッチンだけがある海の家に荷物を運び込む。

知っているだろうか？　白い砂の原料である珊瑚《さんご》は、この辺りだとさすがに気温が低すぎて生育しないから、白良浜の白い砂は外から持ってきたものだ。

なんて考えている俺……迷彩柄《めいさいがら》の膝下《ひざした》辺りまでの水着一枚で腕《うで》を組み、海の家の前で立ち尽《つ》くし波打ち際《ぎわ》を眺めながら平静を装《よそお》っているが、内心気が気じゃない。

ん？　海の家で出す料理を心配しているのかって？　いや、それも少しはあるけどそんなことは些細《ささい》な問題なのだよ。

「勇人くんー、お待たせー」

まずは咲さんがやって来たぞ。

咲さんはちょっと大人びた黒のビキニを着ている。細い肩紐《かたひも》が咲さんの大きめの胸を支え、ピッチリしたパンツがいい具合にお尻に食い込み歩くたびにお尻が揺《ゆ》れるのだ。

「やっほー、ゆうちゃんー」

マリーがひまわりのような笑みを浮《う》かべ口元から八重歯《やえば》を覗《のぞ》かせながら、両手を元気《げんき》一杯《いっぱい》に振《ふ》る。

彼女は赤地にチェック模様のタンキニタイプの水着で、外見にピッタリの可愛らしい水着だ。元気よく跳《は》ねるたびに、ひらひらした布地が広がり、元気一杯のマリーらしい雰囲《ふんい》気《き》がよく出ている。

うんうん、吸血鬼《きゅうけつき》って聞いてるけど、夏の日差しも平気でよかった。

「……待った……？」

今度は肩紐が無いタイプの青白ストライプ柄をしたビキニ姿のユミと、その少し後ろにトミー姐《ねえ》さんが続けてやって来る。

トミー姐さん……おっぱいが半分くらい隠《かく》れる程《ほど》の布面積しか無い紫色《むらさきいろ》のブラトップはもちろん気になって仕方ないけど、それよりもあんな細い肩紐で巨乳《きょにゅう》を支えているから肩に紐《ひも》がものすごく食い込んでる。下は花柄のボレロを巻いているから艶《なま》めかしい太ももは隠れているけど、逆にチラチラと見える方が際《きわ》どく感じるな。うーん、ファビュラス。

みんな良く似合っているな。これなら海の家の看板娘《むすめ》として申し分ない。むしろナンパが心配だぜ……などと考えていると、マリーが俺の手を握《にぎ》って引っ張ってきた。

「ゆうちゃんー、およごーよー」

「待って、マリー。クロがまだ来てないぞ」

「……ユウ、ボクが見てくる……後から行く……」

俺がユミにお礼を言うやいなや、マリーがあっちあっちーと波打ち際を指さす。

「ま、待て、マリー。そんな引っ張ったらこける、こけるって」

ヨロヨロとバランスを崩《くず》した俺の腰《こし》にマリーが手を回すと俺を抱《だ》きしめたまま駆《か》けだす。うおおお、大人の男を持ち上げるなあ。人外ってバレるだろお。

彼女はそんなことなど気にも留めず、そのまま波打ち際から高く飛び上がり、派手な水しぶきをあげて着水する。ごぼぼぼ。

「げほっ。マリー、はしゃぎ過ぎだぞ」

「えー？　高くジャンプしてドボーンすると気持ちいいよー」

「そういう意味じゃなくてだな」

俺はマリーの目が赤くなっていないか心配し、軽く注意する。……って海に飛び込んだ勢いで水着がめくれてるじゃねーか。おうとつが少ないんだから気をつけろよなあ。

「あー、水着がめくれちゃったー」

妹がいたらこんな気持ちなんだろうか。仕方ないので、元に戻《もど》すのを手伝ってやる。

「勢いよくジャンプし過ぎだって。誰《だれ》に見られるかわかんないんだぞ……」

「やきもちー？」

「ぶほっ。どこで覚えてきたんだ、そんな言葉！」

俺はマリーの手を引き、岸から離《はな》れるようにゆっくりと泳ぐ。が、やや深くなってきたところで――。

「ゆうちゃーん、足がとどかないー」

この身長なら当然か、みんなもいるし、あまり遠くまで行かない方がいいだろう。

「どうしよー、ゆうちゃんー」

「浮き輪でも借りるか？」

「えー、おんぶー」

マリーは俺の背に乗っかると、右手をあげて「ごーごー」とか言ってくる。目は赤くなってなかったけど、こいつ、ちゅーを狙《ねら》ってるんじゃないだろうな？　それにしても、ひんやりとした彼女の体温が背中全体に感じられる……。ふ、少しだけは成長しているようだな。

「マ、マリー、あんまりくっつくなよ」

「へんなゆうちゃんー。おんぶだよー？」

波を掻《か》き分け、なんとか元の位置まで戻って来るとマリーを砂浜に下ろす。

「もうそろそろクロも来るだろ、少し休憩しようぜ」

「うんー」

マリーの素直《すなお》な返事と同時に、ようやく水着姿になった人型のクロとユミが戻ってきた。

クロの水着は真っ白なビキニだった。だが、服を着ないと言っていたせいか、やけに布面積が小さく扇情《せんじょう》的なデザインをしている。小麦色の彼女の肌と相性《あいしょう》はバッチリだけど、まったくだれが選んだんだよ。

クロは伏《ふ》し目がちに俺を見上げると、しなやかな太ももをモジモジさせて口を開く。

「ど、どうですか？　ユミ殿《どの》が手伝ってくれました故《ゆえ》……」

「クロによく似あってると思うよ」

「そ、そうでござるか！　吾輩《わがはい》、頑張《がんば》って着たんです」

パアッと猫《ねこ》のような大きな瞳《ひとみ》を輝《かがや》かせて笑顔になるクロが可愛《かわい》くて、俺は彼女の頭をワシャワシャと撫《な》でる。すると、彼女は尻尾《しっぽ》をダランとして息が荒《あら》くなってきた。

「ふふん、妾《わらわ》のチョイスはどうじゃ？　みんな魅力《みりょく》的じゃろ？　手を出してもよいぞ」

貴方《あなた》が選んだんですね、トミー姐さん……。

「勇人くん、みんなでビーチボールをして遊ぼ？」

咲さんがスイカ柄のビーチボールを右腕《みぎうで》に抱《かか》えて、俺に手を振る。

「よおし、じゃあビーチバレーでもするかー」

「おー」

ユミ、クロの声が重なった。

「じゃあ、ゆうちゃん殿、行くです！」

クロは耳と尻尾をピンと立てて、ビーチボールを空高く上げると右足を踏《ふ》み込んでジャンプ。そのまま右手を振り下ろしビーチボールを叩《たた》く。衝撃波《しょうげきは》が生まれた。

ちょ、ちょっと待てえ。少しは手加減してくれよ。俺がそう思う間にも、ビーチボールは轟音《ごうおん》を立てて俺の体に炸裂《さくれつ》する！

ビーチボールに吹《ふ》き飛ばされ、俺は後ろに立っていた咲さんと衝突《しょうとつ》してしまう。

「ご、ごめん、咲さん」

「ううん。いいの」

俺にぶつかったことで咲さんも尻《しり》もちをついてしまい、俺の頭は彼女の太ももの間にうずまってしまった。両頬《りょうほほ》に咲さんの太もものおもちのようなムニュッとした感触《かんしょく》が……柔《やわ》らかさの中にも弾力性《だんりょく》がある。うーん、これはいいダンジョン産のお肉う……。

「勇人くん、顔が赤いけど大丈夫《だいじょうぶ》？」

「あ、うん」

正気に戻った俺は、努めてクールに返事をする。ビーチボールにぶつかって赤くなってると思ってくれてるみたいだけど、実は違《ちが》うんだよね。

緩《ゆる》みそうになる顔をキリッと引き締《し》め、スックと立ち上がり膝をパンパンと叩く。咲さんにも手を貸すと、嬉しそうに手を取ってくれた。

「クロー、ダンジョンじゃないんだ。もう少しゆっくりで頼《たの》む」

「分かったでござる」

みんな手加減すると言ってくれたが、砂浜が結構ボコボコになってしまった。ユミの打球にまでふっ飛ばされ、今度は咲さんのマシュマロにダイブしたり、興奮したマリーやクロに砂浜に押し倒《たお》されたりと、違う意味でビーチバレーを楽しむことになったぜ。

後でちゃんと整地しないとな。ははは。

そろそろ海の家に戻る時間かな、と思い腕時計《うでどけい》を見ると、ちょうどトミー姐さんから声がかかる。

「勇人、そろそろ準備の時間じゃ」

「了解《りようかい》です」

ビーチを片付け、みんなで海の家へ戻ろうとしていると、なにやらクロの様子がおかしい。俺は少し先に行っててくれるようにみんなに頼むと、膝を抱えて座り込んでいる彼女の肩《かた》をそっと叩く。

「どうした？　クロ？」

「ゆうちゃん殿……吾輩……」

小麦色のしなやかな太ももを内側へすり合わせて落ち着かない様子のクロは、涙目《なみだめ》で俺を見上げてきた。

「大丈夫か？　体調が悪そうに見えるけど」

「い、いえ、吾輩……あの……」

とたんに顔が真っ赤になるクロに、俺の不安が募《つの》る。どうみても普通《ふつう》じゃないって。

「歩くのも辛《つら》そうなら、抱っこしてやるから戻ろうぜ」

「そういうわけではござらん……あの、ちょっとこっちへ……」

クロが俺の手を引き、口を俺の耳元へ寄せると、恥《は》ずかしそうに目を伏《ふ》せて囁《ささや》く。

「……おしっこ……なんです……」

「トイレなら海の家にあるから大丈夫だぞ」

「吾輩……用を足す時は専用の場所を作らないと……なんです……。道具を車に忘れたことに今気がついたのでござる」

こ、こういうところまで猫なのかよ。それに、こんな時だけ恥ずかしそうにしなくても……なんて言ってる場合じゃないか。

「え……車まで持ちそうか？」

「残念ですが……あと幾《いく》ばくも……」

「あそこに岩場があるのが見えるか？　あの辺でやるか、それとも我慢《がまん》してトイレでするか」

「どっちも難しいでござるうう。ゆうちゃん殿、用意してくれないです？」

ま、待て待て。クロの用を足す場所を俺が作るのか？　確かに猫のトイレは飼い主が用意するものだろうが、俺はクロにとって飼い主認定《にんてい》なのか？

疑問符《ぎもんふ》だらけになるが、かなりまずそうな様子だから俺はクロを抱え上げると岩場までダッシュすることにした。

猫だからか分からないが、クロはとにかく軽い。彼女の猫又《ねこまた》としての能力かもしれないけど、同じサイズのぬいぐるみより若干《じゃっかん》重たいくらいしか体重を感じない。

走るとすぐに岩場まで到着《とうちゃく》して、俺は周囲に人がいないか辺りを見回す……よし、誰もいない。そこの岩場の陰《かげ》なら外からも見えないし大丈夫だ。

「クロ、ここでいいな。俺は後ろを向いてるから」

「も、もう動けないでござる……。あと、ゆうちゃん殿の安心する匂《にお》いを……」

マジかよ！　俺は猫耳少女クロをひょいと姫抱《ひめだ》きすると、彼女を岩場の後ろにある潮だまりにそっと下ろす。ここはどうやら腰のあたりまで深さがあるみたいだな。

一瞬《いっしゅん》クロがブルブルと震《ふる》える。

「……もういいです……」

クロは沸騰《ふっとう》しそうなくらい耳まで真っ赤にして自分で潮だまりから出ると、岩を乗り越《こ》え四つん這《ば》いになって頭を下げた。耳も尻尾も彼女の感情を示すかのように垂れ下がっている。

「クロ……」

俺はクロを背中からギュッと抱きしめると、彼女の背中を優《やさ》しく撫でる。しばらくそうしていると落ち着いて来たのか、荒い息をあげはじめるクロ……。

「ハアハア、ゆうちゃん殿お。このまま、抱きしめていて欲しいでござる、吾輩……」

あ、いつもの妄想《もうそう》モードに入ったようだし、元に戻ったようで良かったよ。俺はハアハアしているクロを抱え上げると、海の家へと戻ることにした。

遅《おく》れて戻ると海の家の準備はほとんど完了《かんりよう》していて、あとはお客さんが来るのを待つのみといったところになっていた。

相変わらず……人外のスピード感は凄まじい。

「みんなありがとう。準備をしてもらって」

「気にするでない、勇人。クロを見てくれたのだろう？」

トミー姐《ねえ》さんは両腕《りよううで》で胸を下から押すように腕を組み、俺を労《ねぎら》ってくれた。

「じゃあ、最終チェックをしましょう。マリー」

「んー」

「手袋《てぶくろ》はつけたかー？」

「おー」

マリーは万歳《ばんざい》をして可愛らしい八重歯《やえば》を見せる。

マリーは人間に直接触《ふ》れて発情すると目が赤くなり、場合によっては興奮で光ってしまう。そうなると、惨事《さんじ》になってしまうから、対策として軍手を準備しているのだ。

これだと、人間に触《さわ》っても大丈夫なことは、ここに来る前に試《ため》して実証済みだ。

「咲さん、首の革《かわ》ベルトは緩んでない？」

「たぶん？　勇人くん、見てくれるかな？」

咲さんは後ろを振《ふ》り向いて、俺にうなじを見せてくる。髪《かみ》の毛を編み込んでアップにしているから、艶《なま》めかしい健康的な肌《はだ》が見えて妙《みょう》に色っぽい。

首に装着した革ベルトもなんか背徳的で触ると少し興奮する。そう思いながらも革ベルトに触れ、しっかり締まっているか確認《かくにん》した。

「うん、大丈夫」

「ありがとう、勇人くん」

咲さんは俺の両手を握《にぎ》ってお礼を言ってくる。

「咲さん、マリー、ユミは接客を頼む。俺とトミー姐さんはキッチンで調理を。えー、クロは猫になって店先でアピールだ」

言ってて気が付いたけど、なんで俺はさっきクロに猫耳少女から猫に変化《へんげ》してもらわなかったんだ。そうすれば何も問題なかったじゃねえかよ……。

俺の言葉にユミは無言で頷《うなず》きを返し、トミー姐さんもうんうんと首を縦に振っている。クロも白い煙《けむり》をあげて猫形態に変化した。

彼女の変化に合わせて、白いビキニがひらひらと宙を舞《ま》う。……そうか、こっちの問題があったか。

「あ、トミー姐さん。朧温泉宿の宣伝用のビラは？」

「既《すで》にレジに置いておる」

「ありがとうございます」

俺はレジ横に目をやると、咲さんとマリーがニコリとロビーで微笑《ほほえ》む朧温泉宿の宣伝用ビラを確認することができた。レジでお金を受け取る時に、このビラを手渡《てわた》すことでガンガン宿の宣伝をしようってわけだ。

「よっし、じゃあ一丁、俺達の料理のすごさを味わっていただきますか！」

俺は両手で頬をパンと叩くと、お店を開店させる。

海の家で食べられることを考慮《こうりょ》し、食べやすさや暑いビーチという環境《かんきょう》から冷たいものを思って用意した三品と、温泉宿の料理アピールになるものを、ということで追加二品の合計五品を準備した。

特別メニューの三品は、ダンジョン産蜂蜜《はちみつ》入りのソフトクリーム、伝説の仙桃をピュレしたシャーベット、ダンジョン産赤牛を使った焼きそば。料理アピールは外ということもあり、凝《こ》ったものは避《さ》け、赤牛のビーフカレー、巨大鶏《きょだいにわとり》のささ身とダンジョン産の野菜を使ったサラダを用意した。やっぱり海の家はカレーと焼きそばだよな。本当はラーメンも用意したかったぜ。

開店してすぐに、ビーチにいるのが珍《めずら》しい白猫《しろねこ》に惹《ひ》かれたカップルが入店し、ソフトクリームとシャーベットを注文してくれた。カップルの男が接客する咲さんに見惚《みと》れていて彼女に頬をつねられていたのが印象的だったが、食べ始めるとそんな険悪な雰囲気《ふんいき》も一切《いっさい》なくなり「おいしい！」を連発していた。

いやあ、「おいしい」と言ってくれる声を聞くのは料理人としてこれほど嬉《うれ》しいことはないよ。

そのカップルを皮切りに、白猫や美少女揃《ぞろ》いの店員に惹かれてポツポツとお客が入ってきて、おいしいと評判になりお昼時には満席となるくらいまで客足が伸《の》びてきた。

お昼時になると焼きそばとサラダが売れ始め、続いて暑いビーチではあったが、ビーフカレーも売れ始める。ものすごく好評で、「こんなおいしい焼きそばは食べたことがない！」と俺に握手《あくしゅ》を求めに来る客まで出てくるほどだったんだぜ。

順調順調、一番のかきいれ時を突破《とっぱ》した俺はフウと大きく息を吐《は》く。

ん、店先から何やら大きな声が聞こえる！

店先に出ると茶髪《ちゃぱつ》の軽い感じの若い男二人に咲さんが絡《から》まれていた。

俺は慌《あわ》てて咲さんのところへ歩み寄ると、男が威圧《いあつ》するように俺を一瞥《いちべつ》して鼻で笑い、また咲さんの方へ向きなおる。

「なあなあ、姉ちゃん、この後俺達と遊ぼうぜー」

「そうそう、俺たち地元だから、いろいろ楽しいこと教えてあげるよー」

いきなりの物言いに咲さんは戸惑《とまど》った様子で、ギュッと拳《こぶし》を握りしめフルフルと首を振っている。

　これは、男として前に出ないといけないだろ。

「ちょっと、お兄さん方すみません。うちの従業員を誘《さそ》われると困ります」

「おいおい、兄ちゃんよお。あんたが彼女の彼氏ってわけじゃあねえんだろ？」

「それは……」

「ううん、勇人くんは私の『大事な人』なの！」

　言い淀《よど》む俺に、咲さんが珍しく強い口調で口を挟《はさ》む。

「ふうん、彼氏なのかあ。だったらそれらしいところを見せてくれないかなあ？」

　男が嫌《いや》らしい笑《え》みを浮《う》かべながら、咲さんの肩に手を置いたもんだから、俺は男をキッと睨《にら》みつける。

「何だよ、兄ちゃん、何か文句でもあんのか？」

　男がすごんでくるのを気にも留めず、咲さんは俺の耳へ口を寄せ彼らに聞こえないように囁く。

「勇人くん、疲《つか》れちゃうのにごめんね？」

　そう言うなり、唇《くちびる》を重ねてきた⁉

「んむっ」

　目を白黒させる俺に、固まるナンパ男。断るにしても方法が過激すぎません？

周りにはたくさんお客さんもいるし、うおお、すげえ見られてるよお。

「ふう、美味《おい》しい……」

「美味しい!?」

咲さんのズレた感想に、流石《さすが》のナンパ男も突っ込みを入れる。俺はやけに冷静になっているので、またMPを吸われたんだろうな。

「おいおい、お熱い事だな。あーあ、しらけちまったよ」

俺と目が合った先ほどの男は、憎《にく》まれ口を叩《たた》いた後、腕を頭の後ろに組んで立ち去って行った。ふう、ともあれ何事もなくてよかった。

「大勢の前でごめん。咲さん」

「ん？　何かあったの？　勇人くん」

「え？　恥《は》ずかしくないの……？」

「く、首が取れちゃったほうが恥ずかしいかも」

咲さんは想像したのか、ポッと頬《ほお》を染めて首を恥ずかしそうに左右に振る。あっけにとられた俺は、咲さんに抱《だ》きつかれたままフリーズしてしまった。

とその時、周囲から歓声《かんせい》があがる。え？　ええ？

どっちだ、どっちに歓声をあげているんだ！　追い払《はら》ったことかそれとも……俺は考えることをやめて、顔を真っ赤にしながら咲さんと手を繋《つな》いで店内に戻《もど》る。

「……ユウ……完売したとトミー姐さんが……」

戻った俺にユミが一言そう告げた。まだ昼過ぎだというのに持ってきた食材が全《すべ》て売り切れてしまったようだ。

予想以上に好評で、これほど早く売り切れてしまうとは摑《つか》みとしては最上級といえるんじゃないだろうか。

その日は近くのホテルで一泊《ぱく》したんだけど、俺達の話題が地元のニュースになったみたいで、翌日の地元新聞の朝刊に写真付きで紹介《しょうかい》されていたのだ！　記事は海の家で一番おいしかった店であり、仙桃や蜂蜜入りソフトクリームを食べたお客さんのお肌がツヤツヤになると、お客さんが驚《おどろ》く様子を掲載《けいさい》していた。

さすが神話に名前が出るような桃や蜂蜜だ。美容効果があったとは！　新聞に載《の》ったことで朧温泉宿の知名度は相当上昇《じょうしょう》するに違《ちが》いない。これでますます温泉宿が繁盛《はんじょう》するぞ！

◆◆◆

白良浜で俺達が出店した一日限りの海の家は大好評で、別の意味でも有名となり地方紙に載ったことも幸いして、関西方面からの予約もチラホラと入るようになった。

これで俺たちの温泉宿はようやく並の温泉宿くらいにはなれたってところかな。このまま順調に営業を続けていれば、客足はもっと伸びていくだろうとは思うけど、ここらでさらに知名度をドドーンと上げて、一気に人気温泉宿にまで持っていきたい。

うーん、そうだなあ……。例えば、全国紙で報道されるとか料理コンテストで優勝するなんてのも良いな。次は地方じゃなく全国だ！

俺が一人自室ではしゃいでいると、白猫の姿のクロがお座りした状態で琥珀色《こはくいろ》の瞳《ひとみ》を俺に向けていた。

「ん、どうしたクロ？」

「いえ、なんだか楽しそうでござるな」

「ああ、これからもっと温泉宿にお客さんを呼ぶアイデアを考えていたんだよ」

「おお、さすがゆうちゃん殿《どの》！　頼《たよ》りになる男の人……」

クロが前脚《まえあし》を頭にやってブンブンと顔を振り始めてしまった……ああ、また妄想《もうそう》の世界に入り込んでるな。俺は彼女を元にもどすため、何か気を引けるものはないかと辺りを見回す……。

するとリュックの横に棒が落ちていた。お、うっしーの店で買った木刀か。これを猫じゃらし代わりにしてクロと遊ぼうかな。

俺はクロの頭の上で木刀をゆらゆらと左右に揺《ゆ》らす。ほおら、前脚《まえあし》でペシッとしたまえ。

「よおし、クロー」

俺は猫が必死で猫じゃらしにアタックするのが大好きだ。

しかし、クロはその動きに反応するより、怯《おび》えるように距離《きょり》をとってしまった。

「ゆうちゃん殿！　そんなものを向けないで欲しいでござる！」

「え？」

その時外から俺を呼ぶ声が聞こえた。ええと、この声は咲さんかな。

「勇人くん、電話が来たんだけど……私じゃ分からなくて……」

「わかった。咲さん、俺が出てみるよ」

一体何の電話なんだろう……俺はロビーに駆《か》け足で向かうと黒電話を手に取り、受話器を耳に当てる。

「お電話替わりました。はい、え、えええええ！　はい。もちろんです！　お待ちしております」

受話器を置いた俺は、キラキラした目で見つめて来る咲さんの肩《かた》を掴んで前後に揺すった。

「どんな内容だったの？」

「うん、すごいことになったよ！　テレビの取材が来るんだ！」

「それって……？」

「テレビってのがグルメ系の番組でさ、白良浜の俺達の活躍《かつやく》を聞きつけて、朧温泉宿の取材に来るんだって」

「えっと……」

咲さんはイマイチ分かっていない様子で首を傾《かし》げ、顔にはてなマークを浮かべる。

「んと、テレビの人が朧温泉宿にお食事しにきて、美味しかったらものすごい宣伝になるんだ」

「すごい！　勇人くん！」

咲さんはこぼれるような笑みを浮かべ、俺をギュッと抱《だ》きしめて来た。

俺は唐突《とうとつ》な彼女のふにゅふにゅ具合に頬を緩《ゆる》めながらも、どうせ出すならとんでもなくうまい物を出したいなあと考えていた。

……そう幼い時に食べたあの「謎《なぞ》の肉」のような。


このことをみんなに伝えようと、俺は咲さんと手を繋いでキッチンに向かう。

キッチンでは黒地に白の牡丹《ぼたん》が描《えが》かれた着流しを着たトミー姐《ねえ》さんが、キセルを片手にパイプ椅子《いす》に座っていた。

「トミー姐さん、テレビ局の取材が来ることになりまして、せっかくならとんでもなく美《う》味《ま》いものを出したいんです。それで、牛や鶏《にわとり》と違って何か美味しい肉ってあります？

俺が昔食べた『謎の肉』のような……」

「『謎の肉』？　どんなものじゃ？」

俺はトミー姐さんにあの時食べた「謎の肉」の味を説明すると、彼女は色っぽく顎《あご》に手を当て眉《まゆ》を寄せ思案する。

「ううむ。明瞭《めいりょう》にこれだとは言えぬが……古代龍《こだいりゅう》の肉じゃないかのお」

「古代龍!?　このダンジョン、ドラゴンまでいるんですか？」

「うむ。古代龍は妾《わらわ》の大好物の『神酒《みき》』を守っておるのじゃが……」

どうもトミー姐さんの歯切れが悪いな。何か問題でもあるのかな？

「何か問題があるんですか？」

「勇人、『古代龍』はダンジョンの九十六階にいるのじゃ」

な、何い。確か咲さんたちが九十階より深いところはとても危険とか言っていた気が。

そこへ、咲さんが声をあげた。

「トミー姐さん、みんなで行けば大丈夫《だいじょうぶ》じゃないかな？」

「うーむ、そうじゃの、全員で行けばなんとかなるじゃろ」

「トミー姐さんは『神酒』ってのを飲んだ事があるのよね？　だったらそのなんとか龍もやっつけたのかな？」

「いかにも。その時、妾たちは十人で行ったのじゃ。うむ、ここの皆《みな》は実力者揃いじゃ。挑戦《ちょうせん》してみるかの？」

「うん！」

咲さんとトミー姐さんが話した結果、古代龍を狩《か》りに行ってみようということになった。

相手は強敵らしい……で、でもさ。

「あ、あの……俺が行っても大丈夫ですか？」

俺は不安そうな顔で二人をみやりおずおずと問いかける。

「ううむ、そうじゃなあ、ここまで一緒《いっしょ》にやってきたのじゃ、お主も連れて行こう」

「ありがとうございます！」

やったぜ、俺も参加できる。そんな俺をトミー姐さんが流し目で見やり、一言。

「勇人、危機を感じたらまずお主から逃《に》がす。なあに、心配するな。妾の感知能力は抜群《ばつぐん》じゃ。必ず全員を無事に逃がしてみせるからの」

「は、はい。トミー姐さんはスカウト的な動きが得意なんですか？」

「スカウト？　密偵《みってい》、草か。うむ、そうじゃな。罠《わな》を外したり、酒や宝を感知したりじゃな。妾には熱感知の能力もあるのじゃよ」

「お、おお。凄《すご》いですね！」

俺の褒《ほ》め言葉にトミー姐さんはまんざらでもない様子で、キセルを口につける。

「大丈夫、勇人くん、私たちならきっと大丈夫」

俺の不安をかきけすように、咲さんが後ろから俺を抱きしめてくる。冷たいけど柔《やわ》らかい。なんだか安心するなぁ。

「ありがとう、咲さん」

ドキドキを誤魔化《ごまか》し絞《しぼ》り出すように咲さんにお礼を言った俺だったけど、さっきまで感じていた不安は彼女達のお陰《かげ》で消えてた。決して咲さんに触《ふ》れたから不安を解消したわけじゃなく、彼女達の気遣《きづか》いのお陰なんだ。

……たぶん。

古代龍ってやつは強敵らしいから、他《ほか》のみんなにも同意を取らないとな！

そう思って踵《きびす》を返そうとしたら、後ろから誰《だれ》かに抱きつかれる。この胸の感触《かんしょく》は……

マリーか。

「ゆうちゃんー、行く行くーおもしろそうー」

「……ボクも……」

「吾輩《わがはい》、ゆうちゃん殿のいくところなら何処《どこ》へでも」

カタカタという音も背後から聞こえる。振《ふ》り返ると、マリー、ユミ、クロ…そして骸骨くんが立っていた。

いつの間にみんなきていたんだ？

「勇人、温泉宿の繁盛のためという目的はあるのじゃが、みんなお主の為《ため》なら協力は惜《お》しまんて」

ヤレヤレといった様子でトミー姐さんが肩を竦《すく》める。

「み、みんな……」

不覚にも少し感動してしまったぞ。俺のやってきたことが認められたみたいで嬉《うれ》しい。

「ゆうちゃん殿、古代龍はかなり強力なモンスターなのですぞ、一撃《いちげき》を受けると吾輩たちでもただではすまないくらいです」

クロは古代龍がいかに強いモンスターなのか教えてくれる。

んー、強いとなれば、出来る限りみんなに協力したいところだ。みんなの能力を把握《はあく》したらいい手が思い浮《う》かぶかもしれないな。よし。

「この機会にみんなのできることを教えてくれないかな？　ええと、トミー姐さんは『蛇《へび》の腹』という収納の妖術《ようじゅつ》が使えて、骸骨くんは御札《おふだ》に描かれた数に分身できて力持ち」

俺は思い出すように、二人の能力を告げると二人とも頷《うなず》きを返してくれた。

「ゆうちゃんー、わたしは爪《つめ》と吸血が得意なんだよー」

マリーは前衛の戦士ってところか。

「吾輩は癒《いや》しの魔法《まほう》を使えるです」

クロは僧侶《そうりょ》だな。知ってたけど、クロの魔法って変化《へんげ》かペロペロ舐《な》めるイメージしか残っていない……。

「……ボクは……武器や防具にも変身可能……盾《たて》に変化してユウを守る……」

「ありがとう、ユミ」

「勇人くん、私は氷の魔法が得意よ」

「咲さんは魔法使いか！　魔法使いって憧《あこが》れる」

「そう？　褒《ほ》められると嬉しいな」

咲さんはポッと頬《ほお》を朱《しゅ》に染めてはにかんだ笑顔《えがお》を見せた。

なんだか皆の能力を聞いていたら、俺も戦えればいいなあと思ってしまう。ゲームの勇者みたいに剣《けん》を振り回してみんなを守るんだとかね。

ん、剣……あの木刀……確か「あめのはばきり」って書いていたよな、これって「天《あめの》羽々斬《はばきり》」、別名「天十握剣《あめのとつかのつるぎ》」のことかな？

神話の剣かあ……あ、神話と言えば。

「トミー姐さん、古代龍ってお酒を飲んだりしますか？」

「ふむ、あやつは酒となれば何でも呑《の》むのお」

「お酒って出せますか？」

「もちろんじゃ、妾も酒を好むからの。『蛇の腹』に大量に入っておる」

「トミー姐さん、俺にいい案があります――」

俺はトミー姐さんへ目を向けた後、みんなの顔を見回しながら思いついた作戦を告げる。

日本神話から思いついたことなんだけど、美しい巫女《みこ》が生贄《いけにえ》になって酒と共に供物《くもつ》にされて龍を鎮《しず》めるというのがあったんだ。

ここには美少女がいて酒もあるから、必要な物は揃《そろ》っている。

つまり作戦とは、古代龍に酒を飲ませて酔《よ》っぱらって油断したところをブスッと行こうじゃないかということだ！

「ほう、面白《おもしろ》い案じゃな、やってみるかの。ふふ、巫女の装束《しょうぞく》も用意できるぞ」

「面白そー」

マリーがわーいわーいとはしゃぎ始めた。遊びじゃないんだけどなあ。でも彼女らしくてそれはそれで微笑《ほほえ》ましくていい感じだと思う。

トミー姐さんが巫女服を「蛇の腹」から出してくれ、みんなに手渡《てわた》されたんだけど……真紅《しんく》の袴《はかま》に純白の上着と色合いと形は普通《ふつう》だ。

「でもこれ、布が薄《うす》過ぎません⁉」

「そうかの？」

トミー姐さんが袴を手に取り、裾《すそ》に手を入れると手の形だけじゃなく肌色《はだいろ》までバッチリ見えてる。古式の渡《わた》り巫女じゃないんだから……。いやトミー姐さんにはこちらが正しいイメージなのか？

「スケスケじゃねえかよ！」

思わず突《つ》っ込んでしまうが、みんなは驚《おどろ》いた様子もなく俺の叫《さけ》び声にポカンとしていた。

一瞬《いっしゅん》静まり返った後、彼女達は着替《きが》えにいそいそと自室へ向かって行く。

ま、まあいいか……俺も一旦《いったん》もどってリュックと木刀を持って来るかなあ。

◆◆◆

ジャージに着替えた俺がキッチンに戻《もど》ったら、みんな集合していたけど……ユミはいつものチビTにホットパンツで……うん、彼女には神輿《みこし》に変化してもらうからこのままでいい。

しかし――。

「ほんとに着なくていいよ！」

「どうしたの、勇人くん？　ちゃんと着られてなかったかな？」

その場でくるりと回転する咲さんに目を奪《うば》われてしまう。

「そんな問題じゃないんだよなあ」

シルエットだけじゃなく、うっすら肌色が見えているから！

「どんな問題なのかな？　勇人くん」

まるで通じていない。ここはそうだな……。

「古代龍に酒を飲ました後戦うんだよね？　その服のまま戦えるの？」

「少しは動き辛《づら》いけど……大丈夫だよ」

「念のため下にいつもの服を着たらどうかな？　外側は略式でいいと思う」

「じゃあ、そうするね！」

咲さんは踵を返し、再び自分の部屋へと戻って行く。俺と咲さんの様子を窺《うかが》っていたマリーとトミー姐《ねえ》さんもそれにならうように私服を下に着て戻ってきたのだった。

着替えが終わると、俺達はいよいよ古代龍を狩りに九十六階へ挑戦することにしたんだ。

「勇人、昇降《しょうこう》機を出たらすぐに襲《おそ》ってくる。そなたは最後に出るがよい。妾がまず行こう」

トミー姐さんは切れ長の目を俺に向ける。

「ええと、出てすぐ古代龍がいるわけじゃないんですね？」

「うむ。外は山の麓《ふもと》になっておってな。山頂に古代龍がいるのじゃ。勇人の作戦は山頂付近に辿《たど》り着いてからじゃの」

「分かりました」

俺が真剣《しんけん》に話をしているのに……。

「トミー姐さんの後はわたしと骸骨くんが出るよー」

マリーは骸骨くんと肩《かた》を組んでカラカラと笑っているじゃねえか。これから強敵と戦うというのに、彼女はいつもの調子だ。

「私とクロは勇人くんのすぐ前で君を守るからね」

「ゆうちゃん殿《どの》はどーんと構えておいていいでござるよ」

猫耳《ねこみみ》少女のクロと巫女服に合わせて髪《かみ》を結《ゆ》い上げた姿の咲さんは、左右から俺の手を握《にぎ》りしめてくる。お、おう。なんだか、女の子たちから守られるってのも微妙《びみょう》な気持ちだけど、俺がお荷物なのは事実だからなあ。

ん、ジャージの裾を誰かが引っ張ってきた。

「……何かあれば変化するから……」

お、ユミだったか。真剣な顔で狸耳《たぬきみみ》をピンと張って見上げてくる彼女にお礼を言って頭を撫《な》でる。

「みんな、行こう！」

◆◆◆

うおおおお！　チーン！　エレベーターが止まる音がして、九十六階へと到着《とうちゃく》した。

トミー姐さんは俺達に目くばせすると、扉《とびら》の外へと一人出ていく。

二分ほどそのままエレベーターの中で待っていると、頭の中に声が響《ひび》いた。

『昇降機の外に赤龍《せきりゅう》が二匹《ひき》待ち構えておるぞ。他はおらぬ』

お、トミー姐さんの声だ。すげえ、これもトミーさんの魔法かな。

「勇人くん、頭の中に声が届く魔法よ。私も使えるの」

「そうなんだ。便利な魔法だ……」

俺はまだ見ぬモンスターを想像し腰《こし》に差した木刀の柄《つか》をギュッと握りしめながら、飛び出していくマリーと骸骨くんの後ろ姿を見送った。

「じゃあ、行こう、勇人くん」

咲さんが顔を前に向けたまま俺の手を引く。反対側の腕《うで》に二つの肉まんが押し付けられているんだが……。

「クロー、集中力が無くなるから！」

「密着していた方が守れると思いました故《ゆえ》……」

身を挺《てい》して守ってクロが倒《たお》れるのは嫌《いや》だぞ……。

「クロ、咲さん、ユミも、出る前に聞いてくれ」

「うん」

「何でござるか？」

「……うん……」

「ええとだな、俺を守ってくれるのは嬉しいんだけど、自分を犠牲《ぎせい》にしてってのはやめよう。一番大事なのは自分の命！」

俺の言葉に三人とも口をつぐみ、大きく目を見開いている。

最初に硬直《こうちょく》が解けた咲さんが、俺の手をギュッと握りしめて真っすぐに俺を見つめてくる。

「心配してくれてありがとう。勇人くん。大丈夫《だいじょうぶ》だよ、酔っぱらった古代龍なんて私たちの敵じゃないんだから」

「そうでござる。軽く蹴散《けち》らすでござるよ！」

「……うん……」

クロは俺の腕を両手で抱き締《だし》め、ユミは俺のジャージの裾を握る手に力を込める。

俺達四人が揃ってエレベーターの外に出ると……。

全長十五メートルほどの、ゲームの世界で描《えが》かれるような真っ赤なドラゴンが二匹、確かにいた。

しっかし、一匹《びき》は巨大《きょだい》な落とし穴にはまった状態で全身に大きく焼けたような跡《あと》がついていて、長い首も折れて動かなくなっている……。

もう一匹はマリーと骸骨くんと対峙《たいじ》しており、まだ動いていたが、硬《かた》い鱗《うろこ》がところどころひしゃげ今にも倒れそうな様子だった。

一体この短い間に何があったんだ？

「骸骨くんー、もういっちょうー」

マリーの掛《か》け声と共に、マリーと骸骨くんが拳《こぶし》を振《ふ》り上げ、ジャンプすると赤龍の首元あたりを左右から殴《なぐ》りつける。

その瞬間《しゅんかん》、鱗が砕《くだ》ける鈍《にぶ》い音が響き渡り、二人の拳が龍の首元に刺《さ》さる！

既にボロボロだった赤龍はこの攻撃《こうげき》でドーンと大きな音を立てて地面に倒れ伏《ふ》したのだった。

「おー、ゆうちゃんー」

俺に気が付いたマリーが両手をブンブン振って飛び跳《は》ね俺に声をかけてくる。

ええと、トミー姐さんはどこだ？　俺が周囲を眺《なが》めようと首を回した時、赤龍が埋《う》まった落とし穴からトミー姐さんが飛び上がって出てきた。彼女は地面に着地すると、顎《あご》を少しあげて腕を組む。

「勇人、赤龍は六十階くらいでも出て来るモンスターじゃ。奇襲《きしゅう》されない限りは問題ない相手じゃな」

「トミー姐さん、この穴と赤龍？　についた焼けた跡は？」

「ああ、『蛇《へび》の腹』で地面を飲み込んだのじゃ。飲み込むことのできる物や範囲《はんい》は妾《わらわ》の自由じゃからな。焼けた跡は爆裂《ばくれつ》オレンジじゃな。その名の通り衝撃《しょうげき》を受けると爆発するオレンジじゃの」

「へえ、そんなオレンジがあるんですか」

「うむ、ダンジョンの五十八階だったかのお。様々なオレンジが生《な》っているのじゃよ。また次の機会にでも行ってもよいぞ」

「おお、おいしそうなオレンジもありそうですね！」

オレンジかあ、ダンジョン産のオレンジもおいしそうだ。ほんと、ダンジョンには美味食材だらけだな。全部食べてみたい。

「勇人、あの山が『古代龍』の住処《すみか》じゃな」

トミー姐さんが顎で後ろを示すと、彼女が言うように山が見える。

山と言ってもここには草木一本なく、ゴツゴツした岩があるだけだ。山は峠《とうげ》の道のようにグルグルと山肌《やまはだ》にそった道が見えていて、そのまま登って行けば山頂に着きそうだな。

「ゆうちゃん殿、ここは『ドラゴンエッグ』と呼ばれる龍《りゅう》の巣ですぞ。他《ほか》にも龍がたくさんいるはずです」

「なるほど……できればお会いしたくはないな……」

「勇人、古代龍以外は大したモンスターではないのじゃ。妾だけでも問題がないほどなのじゃよ」

　クロの言葉にげんなりした顔をしてしまった俺の肩をポンポンと叩《たた》いて、トミー姐さんは「大丈夫」と胸をそらす。

　そんな体勢になるとたわわが強調されて……ああ、そんなことを考えられるくらいだから俺もまだまだ余裕《よゆう》ありそうだな。


　山道を登っていくと、先行するトミー姐さんの前に青龍《せいりゅう》が出現した！

　青龍を見据《みす》えて彼女が手を振るうと、メタリックシルバーの色をしたオレンジがばらまかれる。それが青龍に接触《せっしょく》した瞬間派手な音を立てて爆発したのだ。

　すんごい威力《いりょく》だな……。

　その後も赤、緑、青と同じような形をした色違《いろちが》いのドラゴンが出て来るけど、前を行くマリー、骸骨くん、トミー姐さんの三人であっさりと仕留めていく。

　山の中腹まで進んだ頃《ころ》、空を飛ぶ巨大な飛龍《ひりゅう》が俺達に向けて咆哮《ほうこう》をあげる。

　空を飛んでいるモンスターにはマリーたちの拳は届かないよなあと思っていると……。

「勇人くん、少し後ろに下がって」

　咲さんが前を歩く俺を手で制止すると、目を閉じてブツブツと呪文《じゅもん》のようなものを唱え始める。

「極凍結《アイスコフィン》」

彼女の力ある言葉と共に、高い澄《す》んだ音が響き渡《わた》りみるみるうちに飛龍が凍《こお》り付くと落下して行く。

落下した飛龍は地面に叩きつけられ、バラバラに砕け散った。

す、すげぇ。これぞ魔法《まほう》といった感じの攻撃に俺のテンションがあがる。

「咲さん、今のは魔法？」

「うん。凍らせる魔法だよ」

「すごいよ、咲さん！　魔法！」

「そ、そう。褒《ほ》められると照れるよ……」

咲さんは少しだけ頰《ほお》を赤くして顔に手を当てる。

「……ユウ……ボクも……見てて……」

話をしている間にいつのまにかもう一匹《ぴき》飛龍がやって来ていたが、ユミが任せろとばかりに俺の前に立つと白い煙《けむり》をあげて二メートルほどある幅広《はばびろ》の大剣《たいけん》に変化《へんげ》する。

ユミの変化した大剣は真っすぐに目にも留まらぬ速さで飛龍に向かうと、そのまま飛龍を貫《つらぬ》き、元の位置に戻《もど》って来る。

貫かれた飛龍は地面に落下してそのまま動かなくなってしまった。

「すごいぞ！　ユミ！」

戻ってきてすぐに人型に戻ったユミの頭を撫でると、彼女は嬉《うれ》しそうに目を細める。

「ゆ、ゆうちゃん殿、吾輩《わがはい》も見て欲しいでござる……」

「いや、クロ……気持ちは嬉しいんだけど、もうモンスターはいない」

「あう……」

クロは四つん這《ば》いになってうなだれると、銀色の猫耳もペタンとうなだれた。

ヤレヤレと俺は彼女のふわふわでサラサラの銀髪《ぎんぱつ》を撫でると、手を引き立たせる。

「クロの得意なことは癒《いや》しなんだろ、敵を倒すことじゃないって分かってるから。クロが力を振るわないことが一番いいことなんだよ」

「ゆうちゃん殿《どの》ー」

そうだよ。誰《だれ》も怪我《けが》しないことがベストだよな。

俺は感極《きわ》まったように俺に抱《だ》きついてきたクロの背中を軽くさすった。おい舐《な》めるな。

「飛龍はもういないようじゃな、先に進むぞ」

前方にいるトミー姐《ねえ》さんがそう言って歩き始めたので、俺達も後に続く。

いよいよ山頂が近づいてきた時、トミー姐さんが前方を指さし俺達へ声をかける。

「ここから先は古代龍の領域なのじゃ。他の龍たちが立ち入ることはない」

「おー」

「いよいよね」

トミー姐さんの声にマリーと咲さんが言葉を返すが、巫女《みこ》作戦の前に古代龍について俺は何も知らないから少し聞いておきたい。

「トミー姐さん、古代龍ってどんな奴《やつ》なんですか？」

「そうじゃな、力が強い上にタフじゃが……脅威《きょうい》となるのは古代龍の息じゃろうな」

「古代龍の息？　ブレスのことかな」

「そうじゃ、古代龍は尻尾《しっぽ》による攻撃も強烈《きょうれつ》じゃが、様々な種類の息を吐《は》く。その息に巻き込まれると妾たちでもただではすまぬ」

「そんな威力が……さすが古代龍のブレスですね……」

「うむ。勇人だけでなく、皆《みな》の者も気を払《はら》うのじゃぞ。注意深く避《よ》ければ喰《く》らうことはあるまい」

トミー姐さんの忠告に、みんな無言で頷《うなず》くといよいよ作戦決行の準備に入る。

俺がユミへ目くばせすると彼女は無言で頷いて、白い煙をあげて平安貴族が乗ってそうな中央に屋根付きの部屋がついた神輿《みこし》に変化した。

次に骸骨くんが二体に分裂《ぶんれつ》して、神輿の柱を前と後ろから担《かつ》ぐ。まあ、ユミは単独で浮《う》くことができるけど演出だな。うん。

よし、みんなが乗り込んだら後ろから付いて行って様子を窺《うかが》うかな……。

◆◆◆

――どうしてこうなった。

俺は今、ユミの変化した神輿に乗っている。確かに、みんなが酒を届けるなら、俺一人で後を追うわけにもいかないから、一緒《いっしょ》に神輿に乗るのはわかる。だが、屋根付きの部屋は狭《せま》くこの人数向けではない。俺は真ん中に胡坐《あぐら》をかいて座っているわけだが……。

「トミー姐さん、おっぱいが頭の上に乗ってます……」

「乗せているのじゃ」

うん、言葉の通りだ。狭い室内だからみんな密着してるわけで、トミー姐さんのおっぱいが俺の頭の上にデデーンと乗っかり、咲さんは何故《なぜ》か俺と向かい合わせで抱きついている。

そして、マリーは俺の背中に張り付き……猫耳《ねこみみ》少女のクロは俺の右腕《みぎうで》に抱かれているという……なんとも素晴《すば》らしい光景なのだが……ちょっと刺激《しげき》が強過ぎるって！

身動きできないけど、いろんな感触《かんしょく》と良い香《かお》りが俺の全身と五感をくすぐりもうヤバイのなんの。

「勇人くん、頭の上に胸を乗せて欲しいの？」

咲さん！　ちょっと待って。そんなこと言ってないから。

「い、いや、そんなわけじゃあ」

「嫌《いや》なのかの？　勇人？」

トミー姐さんがからかうように俺に聞いてくる。

「……い、嫌ではないです……でも古代龍を前にして、こんな……」

「ゆうちゃん殿お」

「あああ、そこに座ったらダメだあ」

左右から押されたクロがあぐらをかいた俺の上にペタンと座ってしまう。もう刺激が強過ぎて……俺は顔を真っ赤にして興奮し過ぎたせいなのか、鼻血が垂れてくる。

「ゆうちゃん、もったいないー」

後ろからマリーが顔を出し、俺の鼻血をペロリとおいしそうに舐めとった。

「だ、だめだ、やっぱり別の方法を今から……」

「勇人くん、すごい気力ね！」

俺と吐息《といき》が重なるくらいに肉薄《にくはく》している咲さんの顔が少し恍惚《こうこつ》としたように熱っぽく俺を見つめて……ああ、もう。

「ねえ……いいかな？」

「……ご自由に」

俺はもうされるがままに身を任せる。咲さんの唇《くちびる》が自分の口に重なってきた。彼女の舌が入ってきて、みるみるうちに俺の気力が吸い取られるのがわかる。さらに、少し恥《は》ずかしさも消えたみたいだ。

「勇人、ついたようじゃぞ」

トミー姐さんが暖簾《のれん》を開けると、外の風景が目に入る。ここが山頂か……。

山頂は相変わらず草木一本生えていない岩肌だったが、少し離《はな》れたところからでもハッキリとその姿を確認《かくにん》できる龍がこちらの様子を窺っていた。きっとあれが古代龍だ。

しかし、あれは……龍といっていいんだろうか？　俺がここに来るまでに見た赤龍とかは、コンピューターゲームで出てくるようなドラゴンといった見た目だったんだけど、古代龍はティラノサウルスに見た目がそっくりなんだ。

いや、実際に俺がティラノサウルスを見たわけじゃないけど、本とかに描《えが》かれているあのティラノサウルスの見た目にとても近い。

しかし、形が似ているだけで薄青色《うすあおいろ》の金属光沢《こうたく》を持つ非常に頑丈《がんじょう》そうな鱗《うろこ》に、赤いルビーのような瞳《ひとみ》とティラノサウルスより見た目の上でも強力そうだ。亜種《あしゅ》なのかな？

そして、全高は三十メートルほど、横幅《よこはば》も十メートルを優に超《こ》えるとんでもないサイズをしている……例えば、尻尾だけでも俺の身長の数倍はあろうかという長さなんだもの。

確かにあの尻尾を振《ふ》るわれて当たろうものなら、ザクロのように体がひしゃげてそのまま天国へ旅立ってしまいそうだよな。

古代龍はこちらに気がついているようだったが、巨大《きょだい》な口からよだれをダラダラ垂らしながらも身動きせず静かにこちらの様子を窺っている。

王者の貫禄《かんろく》ってやつかな、ボスだから動かず悠然《ゆうぜん》と構えているのか本当のところは分からないけど、ここまで来て引くという選択肢《せんたくし》はないぜ。


俺たちは古代龍を刺激しないようにゆっくりと神輿から降りると、酒の入った大樽《おおだる》を神輿の前へどんどん設置していく。

美しい巫女と酒……どう出る？　古代龍。

古代龍は耳をつんざくような大きな咆哮をあげたかと思うと、地響《じひび》きがするくらいの足音を立てながら一歩ずつ踏《ふ》みしめるようにこちらへ向かってきた。

しかし、奴の目は俺達に向かずに酒樽《さかだる》に一直線だ。そのまま様子を窺っていると、古代龍は巨大な口を開き、酒樽ごと口に含《ふく》むと嚙《か》みしめる。

奴は器用に酒樽だけを壊《こわ》して吐き出すと、一滴《いってき》たりとも酒をこぼさなかった。次、次と用意した酒樽を飲み干していく古代龍。

「トミー姐さん、うまく行きましたね」

「うむ、巫女は必要なかったようじゃがな……酔《よ》いが回るまで少し離れたところで様子を見るかの」

トミー姐さんは酒樽をさらに追加し、俺達は古代龍と距離《きょり》を取るとユミが元の姿に戻り、骸骨くんも一体になった。

古代龍が三十樽ほど飲み干し、残る酒樽が十ほどとなった頃、奴は突然叫《とつぜんさけ》びはじめ尻尾を狂《くる》ったように振り回してるじゃないか。

「あれって、酔ってる？」

「そうみたいですが……ゆうちゃん殿、古代龍は暴れ上戸だったようでござる」

俺の言葉に猫耳少女のクロが応じる。

「それって、いつも以上に凶暴《きょうぼう》になっちゃったってこと？」

「まあ、そうでござるが……隙《すき》は大きくなっているはずです！」

マジかよお。寝《ね》てくれればよかったんだけど……そううまくは行かないか。

「まあよい、叩《たた》き潰《つぶ》すだけじゃ。行くぞ、マリー、骸骨よ」

トミー姐さんの手からシャボン玉が出てきて、それが破裂《はれつ》すると灰色の煙があがり、煙に紛《まぎ》れてマリーと骸骨くんが一気に古代龍へ肉薄《にくはく》する。

なるほど、煙幕《えんまく》を焚《た》いてその隙に攻撃《こうげき》をってことだな。

煙が晴れると共に、マリーの声が聞こえる。

「かたーい」

古代龍の足を叩いたであろうマリーが手首を振って息をふーふー吹《ふ》きかけている。

あの薄青色の鱗はマリーのパンチでもビクともしないほど硬《かた》いみたいだ。

「みんな、少し下がって！」

咲さんが両手を胸の前で合わせて、呪文《じゅもん》を唱え出すと、手のひらを前へ突《つ》き出す。

「極凍結《アイスコフィン》」

咲さんのモンスターの体を凍《こお》らせる魔法《まほう》が古代龍に向かうと、古代龍の体に霜《しも》が降り、一気に冷却《れいきゃく》される。

おお、これで動きが止まれば……。

しかし、古代龍は首を振り全く効いた様子がなく、それどころか骸骨くんを踏みつぶそうと足をあげ振り下ろす！

うおお、全く効いていねえ。不意を衝《つ》かれた形だったけど、骸骨くんはひらりと身をかわしていた。さすがだぜ。

「大きすぎるのです！　ゆうちゃん殿、聞いていた通り手強《てごわ》いみたいでござる。ちょっとこちらへ……」

クロが俺のジャージの袖《そで》を引くと、俺は彼女の方を振り向く。

――キスされた。

こ、こんなところで何を！　クロは、つま先立ちになって俺の肩《かた》へ腕《うで》を回し口づけをす

ると、舌が。

待て待て。

俺が焦《あせ》っているうちにすぐに口を離した彼女は、顔を赤らめて口元についたよだれを拭った。

「ゆうちゃん殿《どの》、少しの間ですがかなり動けるようになってるはずです」

「ん？」

試《ため》しに軽くジャンプをしてみると、二メートルほど飛び上がった。す、すげえ！

クロは古代龍が手強いと見て、俺が攻撃に巻き込まれないように身体能力を強化してくれたのか。

「それと、お持ちの木刀は仕込み刀になっていて、龍特攻《りゆうとつこう》があるはずでござる」

「……なるほど……ユウ……」

ユミが俺のズボンを引っ張ると、彼女から白い煙《けむり》があがりゴーグルに変化《へんげ》した。

着けろってことかな？

ユミの変化したゴーグルを被《かぶ》る……ん、んん。

「勇人くん、前を見て」

俺のすぐ前にいた咲さんに促《うなが》されて、マリーたち三人がけん制している古代龍に目を向けると……。

お、おおお。マリーたちの動きが見える。今まで何やってるのか全く見えなかったんだけど、ハッキリと何をしているのか見える。

彼女たちは短いステップを踏んで、古代龍に的を絞《しぼ》らせないように立ち回り蹴《け》りや拳《こぶし》を古代龍に叩きつけていた。しかし、硬いのか叩くたびにマリーが顔をしかめている。

トミー姐《ねえ》さんの爆弾《ばくだん》オレンジも古代龍の鱗に傷一つつけることが出来ない様子だった。

こいつは……動きが見えたはいいけど、手強いな。

「ゆうちゃん殿、伏《ふ》せて！」

「勇人くん！」

二人の声がしたかと思うと、二人から覆《おお》いかぶさられて俺は地面に伏せる。

髪《かみ》の毛の先に熱を感じ首を少し上げてみたら……古代龍が大きな口を開き、火炎《かえん》が口から吐《は》きだされていた。

こ、怖《こえ》え、これがブレスってやつか。

「勇人くん、みんな、ちょっと大きいのを試してみるわ」

咲さんは俺に胸を密着させたまま、そう言うと立ち上がって目を閉じ集中する。

「氷槍《アイスランス》」

咲さんの力ある言葉と共に、頭上に三メートルほどの巨大な氷の槍が現れ、目にも留まらぬスピードで古代龍へ突き刺《さ》さる。

しかし、硬い鱗には通じず傷一つ付いていない。

「あれでも、通じないのでござるか……」

クロは目を見開き、驚愕《きょうがく》した様子だ。

うーん。今の身体能力だったら、俺も加勢できるかな。俺は腰《こし》の天羽々斬こと仕込み刀を手に持ち鞘《さや》から抜《ぬ》く。

すると、どうだろう。古代龍の首の後ろにぼんやりと赤く光る部分が見えた。あれは何だろう？　いや、今は先に作戦を練らねば。

「トミー姐さん、あいつに何か弱点は無いんですか？」

俺はトミー姐さんにも聞こえるように大きな声で彼女に尋《たず》ねると、頭の中に声が返ってくる。

『勇人、龍という種族には「逆鱗《げきりん》」と呼ばれる弱点があるのじゃ。確か……首の裏あたりなのじゃが正確な位置は分からぬ』

あれ、あれがそうなのかな？　赤く光っているのは首の裏だし……。

「トミー姐さん、この木刀を持ったら古代龍の首の裏にぼんやりと赤く光るのが見えたんです」

『なんと！　お主「龍殺しの剣《けん》」を持っておるのか？』

「ええと、この木刀は油性ペンで『天羽々斬』と書いてありました。本物でしたらヤマタノオロチという龍を倒《たお》した剣です」

『ほう。見えるということはきっとそれは本物なのじゃろう。それが逆鱗じゃ！』

俺は半信半疑で鈍色《にびいろ》に輝《かがや》く刀身を見やる。これで、突き刺せば倒せるかもしれないな。

しかし、どうやって逆鱗を狙《ねら》う？

「勇人くん、全身がピカピカと光り出したわ！」

咲さんが古代龍を指さす。

もしや、次は雷撃《らいげき》か何かか。

「あれは全員に当たるです」

猫耳少女のクロは猫耳をピンと張って俺の手を引き、退避《たいひ》しようと後ろを指さすが間にあいそうにないぞ。もう雷撃がくる！

「ユミ！　変化してくれ！」

間に合えよお。俺はユミにあるものへの変化を頼《たの》む。彼女から白い煙があがった瞬間《しゅんかん》視界が真っ白になる。

俺は思わず目をふさぎ、その場で膝《ひざ》をつく。体は……何ともないな。

「ゆうちゃん殿、一体なにが？」

「あれに変身してもらったんだよ、クロ」

俺が指を差した先には長さ五メートルほどの避雷針《ひらいしん》が立っていた。

「なるほど……ゆうちゃん殿、すごいアイデアです！」

クロは感動し手を叩く。

「咲さんもクロもユミも何ともなくてよかったよ」

しっかし、他《ほか》にもブレスの種類があるみたいだし、防ぐことができないものが来る前に対処しなければ……。

「トミー姐さん、みんな、聞いてくれ――」

俺がみんなに作戦を伝えると、トミー姐さんは古代龍の相手をしながら少し考えた後、返答する。

『勇人、そなたの作戦にのってみようかの。妾《わらわ》はいつでも行けるぞ』

よおし、一丁やってみるか。失敗したら急いで撤退《てったい》だ。

「クロ、頼む」

「分かったでござる！」

クロは再び俺に口づけし、俺にかかった身体能力向上の魔法をかけ直してくれる。

「ユミ、行けるか？」

俺の言葉に避雷針からゴーグルへ変化したユミが、空中で大きく上下に動く。これを装着することで、俺の身体能力が更に上がるのだ。

「咲さん」

「うん、いつでも行けるわよ！」

咲さんが目を閉じ、意識を魔法に集中すると先ほどと同じように彼女の周囲から青い光が沸《わ》き立ち、下から風が吹き上がって来る。

「トミー姐さん、頼みます！」

『相分かった！』

俺はトミー姐さんに向けて大きな声を張り上げると、彼女は振《ふ》り向かず作戦の準備に入るのだった。

さあて、ミッション開始だ！


マリーと骸骨くんが古代龍の左側に回り二人で古代龍を引き付けるのを見て取ったトミー姐さんは、古代龍の右足に向け腕を振るう。

すると、ちょうど古代龍の右足がはまるくらいの落とし穴が出現し、古代龍はバランスを崩《くず》す。

そう、古代龍を落とし穴に嵌《は》めるにはでかすぎて不可能なんだけど、足だけならいける。

「氷結塊《アイスシールド》」

咲さんの魔法《まほう》の効果で空中に巨大《きょだい》な氷塊《ひょうかい》が姿を見せると、俺は勢いをつけて跳躍《ちょうやく》し巨大な氷塊の上に着地し、古代龍の逆鱗の位置を確認《かくにん》した。

よし、あの場所なら、届く！

俺は氷塊の上を駆《か》けると足にめいっぱいの力を込めてジャンプし、古代龍の背を越《こ》えるほど空高く飛び上がる。

「ユミ、弓に変化してくれ！」

俺がユミに向けて叫《さけ》ぶと、ゴーグルから煙があがり、俺の背丈《せたけ》ほどもある和弓へと変化した。俺は仕込み刀こと天羽々斬を矢のように和弓に番《つが》えると、叫ぶ。

「ユミ、今だ！」

俺は掛《か》け声と共に弓の弦《つる》から手を離《はな》すと、弦が弾《はじ》かれ天羽々斬が一直線に古代龍の逆鱗へ向かう。

あれほど硬《かた》かった古代龍の鱗《うろこ》だったが、逆鱗は別なのだろう。あるいは龍特攻があるからかな？　天羽々斬は深々と古代龍へ突《つ》き刺さり、体ごと数メートルは飛ばされそうな古代龍の絶叫《ぜっきょう》が響《ひび》き渡《わた》った。

それだけでは終わらなかった。なんと突き刺さった剣が耳をつんざくような音を立てて爆発《ばくはつ》する！

おおお、あの剣から絶対龍を殺すという意志のようなものを感じる！　素晴《すば》らしい追加効果だぜ。

煙が晴れると、古代龍は地に倒れ伏していた。

トミー姐さんが古代龍に近寄ると、ニヤリと笑《え》みを浮《う》かべ俺の方へと振り返る。

「見事じゃ！　勇人」

「倒したんですか？」

「いかにも」

「やったぜ！」

おおし、何とか倒せたみたいだ。みんなで力を合わせてやっと倒すことができたんだけど、間一髪《かんいっぱつ》だったたと思う……。

「やったー、ゆうちゃんー」

「勇人くんの作戦のお陰《かげ》ね！」

「吾輩《わがはい》、ゆうちゃん殿《どの》を惚《ほ》れ直したでござる……」

「……倒せた……」

古代龍を倒したことを喜ぶみんなの声。骸骨くんはカタカタとしているだけだけど、たぶん同じように喜んでくれているはずだ。

俺達はお互《たが》いに抱《だ》き合い勝利を喜んだ後、ゆっくりしていては再び古代龍が湧いてしまうので、トミー姐さんの「蛇《へび》の腹」の術で倒した古代龍を収納してもらう。ついでに奥の泉に湧《わ》いていた神酒《みき》も汲《く》んで帰還《きかん》したのだった。

◆◆◆

翌朝目が覚めると、さっそくトミー姐さんとマリーを呼んで庭に出る。さあて、お楽しみの古代龍の肉だぜえ。

トミー姐さんにお願いして、古代龍を出してもらったが……や、やはり巨大だよなこいつ……古代龍を立たせたら温泉宿の屋根を軽く超《こ》えるくらいのサイズなんだよ。建物と比《ひ》較《かく》すると奴《やつ》の大きさがより際立《きわだ》つ。

「ねえーゆうちゃんー、血抜《ちぬ》きしないのー？」

マリーが聞いてきたんだけど、俺には別の考えがあったんだ。

「マリーに吸血してもらおうかと思ったんだけど、龍《りゅう》の血ってすごい効果があるってことが多いからさ、全部トミー姐《ねえ》さんの『蛇の腹』に収納してもらおうかなと」

俺の言葉にトミー姐さんが、感心したように首を縦に振る姿が目に入る。

「お、勇人、分かっておるの。龍の血で沐浴《もくよく》すると肌《はだ》にも良いし、疲《つか》れも取れ元気になれるのじゃ」

「おお、そうなんですか！　後で試《ため》してみます」

「ふむ。壺《つぼ》に龍の血を入れておくから、それを使うといい」

「ありがとうございます！」

おお、これは楽しみだ。後でゆっくりと入浴しようっと。昨日クロの魔法とユミが変化《へんげ》したゴーグルのおかげで、人間を遥《はる》かに凌駕《りようが》する身体能力を手に入れたけど……反動がすごいんだよ。

全身が筋肉痛で……もう痛いのなんの。

よっし、気を取り直してまずは龍の肉を食べてみるかあ。俺はウキウキとスキップをしながらキッチンに向かう。


まな板の上には古代龍の肉ブロックが鎮座《ちんざ》している……俺はゴクリと喉《のど》を鳴らすと、まず一口サイズに切ってから軽く炙《あぶ》り、塩胡椒《しおこしよう》をパラパラと振りかけた。

俺が調理している様子をトミー姐さんと咲さんがじっと固唾《かたず》を呑《の》んで見守っている。ちなみに古代龍をさばいてくれたマリーは汚《よご》れを落としにシャワーを浴びに行ったんだ。

ええと、マリーのことはいいとして……そんなに見つめられると少しやり辛《づら》いけど、女子二人が身を乗り出して俺の調理の様子に興味津々《きようみしんしん》ってのは悪くない。

おっと、浮かれていて火加減を誤ったらせっかくの龍の肉が台無しだぞ。俺は頰《ほお》をバシッと叩《たた》き、気合いを入れなおす。

すぐにジュウジュウと肉が焼ける音と共にいい香《かお》りが漂《ただよ》ってくる。龍肉のステーキ。

まずはミディアムで食べてみようかな。

「咲さん、トミー姐さん、焼けたよ」

「じゃあ、食べてみるかの」

俺は焼いて塩を振っただけの龍の肉を皿に盛ると、その場でつまみ口に運ぶ。

ん、おお、これは！　う、うまい！　子供の頃《ころ》に食べたあの「謎《なぞ》の肉」の味！　オーストラリア産牛肉のような脂肪《しぼう》分が少ない赤身肉に近いのだが、味は鶏《にわとり》のささ身と牛の赤身の中間くらいのあっさり味だ。全《すべ》ての肉のいいとこ取りって感じだな。

といっても噛《か》めば噛むほどうまみ成分が出てきて普通《ふつう》の肉とは一線を画する。

これだと何があうかなあ……あっさりと大根おろしとポン酢《ず》にするか、それとも醤油《しょうゆ》ベースの少し甘味のあるタレにするか……はたまたニンニクを使った濃厚《のうこう》ソースか。

あ、どうせなら一緒《いっしょ》に採ってきた神酒で味付けしたらどうだろう？　きっと古代龍と同じで超《ちょう》上質なものに違《ちが》いないだろうから。

「どう、勇人くん？　難しい顔をしてるけど……」

「うん、古代龍のステーキだったらどんな味付けが合うかなあと考えていたんだよ」

よっし、今度は肉の厚みを変えて、ソースもいろいろ準備しどれがいいか試してみるか。

——三十分後。

「これだ。これで行こう」

肉の厚みは三センチ、ソースは醤油ベースに少しだけ豆板醤《とうばんじゃん》を混ぜたピリッとするものが一番古代龍の肉に合うと思う。

しかも、食べているうちにわかったことだけど古代龍の肉にも疲労《ひろう》回復の効果があるみたいだぞ。人の世界にも滋養強壮《じようきょうそう》の食材や飲み物は枚挙にいとまがないけど、食べると目に見えて効果があるのは古代龍の肉だけだろう。

その証拠《しょうこ》に昨日からの疲労がたまっていた俺の体はすっかり元気になったんだ。筋肉痛は抜《ぬ》けてないけど、痛みはまた別物だしなあ。

取材が来た時に出す料理は、残りもダンジョン産の食材を存分に使ったものにしようかな。

その後、どんな料理を出すかいろいろ試してみて、取材の日に出すメニューが決定したのだった。ふと外を見てみるとすっかり日が暮れて夜になっていることに気が付く。

「二人ともありがとう。こんな遅《おそ》くまで」

「勇人、しっかり覚えたぞ。人間の料理はいつみても興味深い」

「私も楽しかったよ。勇人くん」

俺は後片付けが終わった後、龍の血を試してみようと思い大浴場に向かう。

大浴場に入った俺が体を洗っていると――。

「勇人くん、今日は疲れたでしょ。背中を流しにきたよ」

「忘れてたあ」

ガラリと脱衣《だつい》場に続く扉《とびら》が開き、髪《かみ》の毛をアップにしてフロストローズのかんざしで留め、首に革《かわ》ベルトを巻いたバスタオル姿の咲さんが顔を出す。

ば、バスタオル一枚。最近は入ってくることがなかったから油断していた。

俺がテンパっていると、彼女はやはり恥《は》ずかしがった様子もなく風呂椅子《ふろいす》に腰《こし》かける俺の後ろにしゃがみこむ。

「も、もうだいたい洗っちゃったかな……」

「そうなんだ。頭も洗ったの？」

「う、うん」

「じゃあ、勇人くん、一緒にお風呂に入ろうか？」

「え」

咲さんはスッと立ち上がると、バスタオルの結び目に手をかける。

「そ、そのままでいいから！」

うおお、ここで咲さんの裸《はだか》を見てしまったら正気でいられる自信が無いってえ。

「そうなの？　お風呂って裸で入るものだと思ってたわ」

「どこまでズレてるんですか！　こういうのは好きな人だけに許してください！」

「ふーん、そうなの？　じゃあ、今日はこのまま入るね」

「う、うん？」

気遣《きづか》ってくれている咲さんを、流石《さすが》に追い出すことはできなかった。俺も腰にバスタオルを巻いたまま、龍の血を湯船に大匙《おおさじ》三杯《ばい》分投入してから湯船に入り腰を下ろす。すると俺と肩《かた》が引っ付きそうなくらいの距離《きょり》に咲さんが膝《ひざ》を揃《そろ》えて座る……。

恥ずかしさから無言になってしまった俺へ、咲さんも何も語り掛けることはなく、時間だけが過ぎていく……。

すると、龍の血の効果か筋肉痛の痛みが引いていくではないか！　こ、これはすごい効能だぞ。トミー姐さんが、疲労回復って言ってたな。温泉って湯治効果があるって触《ふ》れ込みのところが多数あるが、龍の血以上の効果を発揮する温泉は絶対に無い！

天然温泉と言って良いのかは、ちょっと悩《なや》みどころだな。これも入浴剤《にゅうよくざい》だろうか。

古代龍の肉といい、龍の血といいこれはものすごい集客効果を期待できそうだぞ。し、しかしさっきから、なんだか体が熱い……いや、温泉に浸《つ》かって体が熱いって意味じゃなくて……これが「元気になる」ってこと？

「勇人くん、なんだか変な気分……」

咲さんがピンク色の空気を醸《かも》し出し、熱っぽい目で俺を見やる。

うおお、デュラハンの咲さんにも効果ありなのか!?　い、今そんな目で見つめられると……。

「咲さん?」

「勇人くんー」

咲さんは俺に肩を預けて首を寄せ、頰を俺の肩に乗せてから、上目遣《うわめづか》いで見つめてきた。

お、落ち着いて生気を吸収するんだ、咲さん。いや、やっぱりダメだあ。

別に咲さんが冷静になる訳じゃないと考え直す俺だったが、温泉の効能か体が勝手に動き出す。俺の手が咲さんの肩を抱《だ》くと、彼女を引き寄せる。俺の腕《うで》の中におさまった咲さんは俺の顔へ唇《くちびる》を寄せてくる……。

——ザバアと湯が勢いよく音を立てると、銀髪《ぎんぱつ》の猫耳《ねこみみ》少女が不意に現れた!

俺は急いで咲さんから体を離《はな》すと、ワタワタと手を振《ふ》る。

「ク、クロ……そこにいたのか!」

「も、もう限界でござる……ゆうちゃん殿お!　吾輩……」

ハアハアと荒《あら》い息をしながら全裸《ぜんら》のクロが俺に飛び掛《か》かってきて、そのままガッシと俺に抱きついた。

龍の血の効果はやべえ……これはお客さんに使うとしたらもっともっと薄《うす》めないとダメだな……。俺は幸せな気分のままそんなことを考えていると、のぼせて頭がボーッとしてきたから名残惜《なごりお》しくも風呂を出る事にしたんだ。

◆◆◆

——取材当日。

先日電話をくれたテレビ局から電話があり、本日の夕方に取材に来ると連絡《れんらく》が入った。

今の時刻は午後四時……そろそろ来訪するかな。

「ゆうちゃんー、きたみたいだよー」

「ん？」

「車の音がこっちに近づいて来るからー、そろそろだよー」

「お、そうなのか」

二部式着物姿のマリーが耳に手を当てて、膝を曲げ俺を下からのぞき込んでくる。

俺はマリーに服の乱れがないかチェックした後、俺自身の身だしなみも同じように鏡の前で見直す。

受付にいる咲さんは結《ゆ》い上げた髪に挿《さ》さったフロストローズのかんざしに乱れはなく、首に巻いた革のベルトもきっちり締《し》められていた。

完璧《かんぺき》だ。

俺の確認《かくにん》が終わる頃、三十歳くらいの人のよさそうな顔をしたスーツ姿の男の人とテレビカメラをもったラフな恰好《かっこう》をした同じくらいの歳《とし》の男の人が姿を現した。

「いらっしゃいませー」

いつもの調子でマリーは元気よく二人に挨拶《あいさつ》すると、二人とも愛想《あいそ》よく「よろしくお願いします」と挨拶をしてくる。

「お待ちしておりました、本日はよろしくお願いいたします」

「はじめまして、太陽《たいよう》放送局のアナウンサー相楽《さがら》です。こちらはカメラマンの三上《みかみ》です」

スーツ姿の男の人――相楽さんが柔和《にゅうわ》な笑《え》みを浮《う》かべ頭を下げると、カメラマンさんも同じく会釈《えしゃく》を行う。

「ご丁寧《ていねい》にありがとうございます。朧温泉宿の従業員の筒木《つつき》勇人です。本日はお相手を務めさせていただきます」

俺と相楽さんはお互《たが》いに丁寧に頭を下げると、マリーが奥へと二人を案内する。

相楽さんと俺は横並びに歩きその後ろをカメラマンの三上さんが、少し離れたところから咲さんが続く。

「こちらが、食堂になります。ここへおかけになってしばらくお待ちください。すぐに料理を持ってきます」

俺が合図をすると、頷《うなず》いた咲さんが準備しておいた料理を運んでくる。

ダンジョン産巨大鶏《きょだいにわとり》のささ身と水菜のサラダ、赤牛のしゃぶしゃぶ、古代龍のステーキに香草《こうそう》を添《そ》えた一品、煮物《にもの》類、味噌汁《みそしる》に炊《た》き込みご飯《はん》、デザートに赤牛の牛乳と卵を使ったプリンというメニューだ。

飲み物は神酒《みき》を準備した。

「こ、この鶏《とり》のささ身……絶品ですね。スダチベースのドレッシングとよく合ってます」

まずサラダに手をつけた相楽さんは、ささ身を絶賛する。うんうん、巨大鶏を初めて食べた時、俺も驚《おどろ》いたものだ。

次に相楽さんは味噌汁を一口飲んだ後、古代龍のステーキに口をつける。

「こ、これは！　今まで食べたことがありません！　この世の物とは思えないほど美味《おい》しいです！」

まあ、たしかにこの世のものではないからな。

「ありがとうございます！　当温泉宿で出す『ドラゴンステーキ』は、疲《つか》れも取れるし滋養強壮の効果も抜群《ばつぐん》なんですよ。カメラマンさんも後でよろしければどうぞ」

この後、相楽さんは無言になり、取りつかれたように食事を全て《すべ》平らげてしまった。一瞬《いっしゅん》お城が見えたのは気の所為《せい》かな？　カメラマンの三上さんは何度もゴクリと喉《のど》を鳴らしている。

「いかがでしたでしょうか？　当温泉宿の自慢《じまん》の料理は？」

「いや、素晴《すば》らしいという言葉では言い切れないほどでした。これほど美味な料理は食べたことがありませんよ！」

相楽さんは俺達の料理の味を興奮した様子で語ってくれたんだ。そこでカメラの録画は終了《しゅうりょう》となり、我慢《がまん》していたカメラマンの三上さんは食事に手をつけると、ものすごい勢いで完食してしまう。

二人は何度も「素晴らしい」を連発し、放送を楽しみにしていてくださいと最後に俺へ伝えてから帰って行ったのだった。

二人を見送った後、俺は力が抜け床《ゆか》に腰を落とす。

そんな俺を二部式着物姿の咲さんが後ろから抱《だ》きしめ、マリーは俺の両手を握《にぎ》りブンブンと上下に振って来る。

「やったわね！　勇人くん。二人とも褒《ほ》めていたわよね」

「よかったー」

「満足して帰ってくれたよな。『これほど美味な料理は食べたことがない』とも言っていたよな！」

俺は他《ほか》のみんなへ報告を行いに食堂へ向かおうかと立ち上がると、ロビーの奥からトミー姐《ねえ》さん、ユミ、骸骨くんが姿を見せ、少し遅《おく》れて客室方向から猫耳少女のクロが顔を見せた。

「うまく行ったようじゃの」

「……ユウ……」

「ゆうちゃん殿《どの》ー、終わったでござるか？」

三者三様であるが、みんな満面の笑みを浮かべ俺の傍《そば》へと集まって来る。

骸骨くんはカタカタと体を揺《ゆ》らすだけで、言葉は分からないけどたぶん喜んでくれているのだろうと思う。

「うまく行ったよ。みんなで一丸となってやり切れたからこそだよ！」

「……ユウ……成功した記念に……」

金魚の柄《がら》が描《えが》かれた着物姿のユミは、狸耳《たぬきみみ》をピコピコ揺らし、トミー姐さんと目を合わせる。

すると、トミー姐さんは牡丹《ぼたん》柄の着物の隙間《すきま》……大きな胸の谷間に手を入れてガサゴソ動かすと、筒状《つつじょう》の何か……じゃなく様々な花火を手に持っていた。

「勇人、祝宴《しゅくえん》をやろうぞ。人間の祝宴は花火をやるんじゃろ？」

「あ、はい」

お祝い事で花火って少しズレているけど、その気持ちが嬉《うれ》しくて俺は少し感動してしまって目がしらが熱くなってしまう。

「ユウ……花火はたくさん準備しているから……」

「ありがとう、ユミ」

俺はユミの黒とオレンジのマーブルカラーの髪《かみ》を撫《な》でると、彼女は目を細めながらも俺のお礼の言葉へ頷きを返す。

「よおし、今晩はお客さんも来ないし、庭でバーベキューをしながら花火をやろう！」

「おー！」

俺の言葉にマリーが手をあげて、ウキウキした様子で応《こた》えた。


庭でコンロを出して、赤牛、巨大鶏、古代龍の肉とダンジョンで獲《と》ってきた食材を中心に準備する。そうそう花火ということでみんな浴衣に着替えてきたんだ（一名除く）。

神酒も出してきたけど、俺は酒が飲めないから酒好きのトミー姐さん用だなこれは。他のみんなも飲むかもしれないけど……。

庭にテーブルと椅子《いす》も出してきて、コップも人数分、トミー姐さん以外はみんなオレンジジュースを入れて着席する。

「では、無事に宿の宣伝をのり切ったことを祝って、乾杯《かんぱい》！」

「乾杯ー！」

俺の声と共に、みんなコップを掲《かか》げてオレンジジュースを少し口につける。あ、骸骨くんだけは飲んでないけど……。

「んー、オレンジジュースだとお腹《なか》が膨《ふく》れないよー、ゆうちゃんー」

マリーは頬《ほお》を膨らませてブーブー言った後、キッチンに戻《もど》るとコップに真っ赤な液体を注いで戻ってきた。

聞きたくないけど……あれはそうだよな。

「マリー、それは？」

「これはねー、にわとりさんの血だよー」

やっぱりか！「人間の血だよー」じゃなくて良かった……。

「さ、どんどん焼いていこうじゃないか」

俺はマリーがコップに口をつけそうなところで目を逸《そ》らし、立ち上がる。

咲さんとユミが焼くのを手伝ってくれて、猫耳少女のクロはその様子をじーっと見つめている。

「あ、クロ、生肉の方がよいならそのまま食べても大丈夫《だいじょうぶ》だぞ」

「吾輩《わがはい》……猫ではありません故《ゆえ》、焼いた方が好みでござる」

「そ、そうか……」

肉を焼いて食べる文化があるなら、服も着て欲しいよほんと……クロの浴衣《ゆかた》も用意した俺はなるべくクロの体を見ないようにして着せてやった。

せっかく小麦色の肌《はだ》に銀髪と、浴衣を着たらそりゃあ可愛《かわい》いのにもったいない。

「可愛いですと……ゆうちゃん殿が吾輩のことを……ハアハア」

口に出してないのに何で分かるんだよ。あー、頬を赤らめて妄想《もうそう》モードに入ってしまった。これはしばらく放《ほう》っておくしかないな……。

クロとそんなやり取りをしている間にも肉が焼けてきていい匂《にお》いが漂《ただよ》ってくる。

俺は焼けた分を紙の皿に載《の》せて、テーブルの上に載せる。その間にも次を焼きながら、焼けた肉をつまむ。

「あー、やっぱりおいしいよな。赤牛の肉」

「……うん……人間のお店のお肉より……おいしい……」

「あ、咲さん、ユミ、少しここを見ててくれるかな？」

「……うん」

「わかったわ」

俺は一緒《いっしょ》に肉を焼いているユミと咲さんにしばらくコンロを任せてキッチンへ。確かここに……あったあった。

戻った俺はユミに持ってきたみたらし団子を見せてから彼女に手渡《てわた》す。

「これ、作っておいたんだ」

「……ありがとう……」

みたらし団子を受け取ったユミは椅子に腰《こし》かけると、みたらし団子に口をつける。

「……ユウ……おいしい……」

もう聞かなくても分かるくらいユミの狸耳が嬉しさを語っているよ。彼女は表情や声じゃなく耳に感情が出るよな。

そうしている間にも肉が焼けてきたので紙の皿に移すと、次の肉をコンロに載せる。

「トミー姐さん、食べてますか？」

俺は煙《けむり》が俺達に来るのに気を遣《つか》って、少し離《はな》れたところへ腰かけてキセルをふかしていたトミー姐さんに肉を持っていく。

「ん、妾《わらわ》は神酒があればそれでよい。お、持ってきてくれたのか。これはいただこう。感謝する、勇人」

「いえいえ」

「そなたが来てから、朧温泉宿は本当に変わった」

「みんなの頑張《がんば》りのお陰《かげ》ですよ。俺は少し知恵《ちえ》を出してお手伝いしたに過ぎませんから」

「朧温泉宿の繁盛《はんじよう》を抜《ぬ》きにしても、そなたが来てから楽しかった。誰《だれ》かと番《つがい》になって、ずっとここにいて欲しいくらいじゃ。これからもよろしく頼《たの》むぞ」

トミー姐さんはキセルを口にくわえたまま、俺を軽く抱きしめて来た。

「勇人、そなたは初心《うぶ》じゃのお」

「ほ、ほっといてください！」

カラカラと笑い声をあげて、俺を切れ長の目で見つめてくるものだから恥《は》ずかしくなった俺はコンロの方へと戻る。

その後、トミー姐さんが魔法《まほう》で大量の手持ち花火を出してくれた。

マリーが数本両手に持って火をつけて走り回るから、危《あや》うくやけどしそうになりながらも、みんなでやる花火はとても楽しい。

彼女と逆にユミが無邪気《むじゃき》に火がついた手持ち花火を持って、火花の色が変わる時に目を見開いて驚いている姿は非常に微笑《ほほえ》ましい。

ええと、若干《じゃっかん》一名、ハアハアしたままの猫耳《ねこみみ》がいるが、それは些細《ささい》な問題だ。

俺が対照的な二人の様子を見ていると、咲さんが手持ち花火を指さして俺に尋《たず》ねてくる。

「勇人くんはどの花火が好きなの？」

「んー、手持ち花火だとやっぱり『線香《せんこう》花火』だな」

「どれだろう？」

「これこれ」

俺は線香花火を二本拾い上げると、一本を咲さんに手渡す。咲さんは空いた方の手で俺の手を握ると、線香花火に目をやる。

「勇人くん、一緒にやろう？」

「うん、線香花火は少し暗いところの方がいいかな」

「じゃあ、こっちで」

咲さんは俺の手を引き、数十歩進んだところで足を止める。そこで彼女はしゃがむと、後ろを振《ふ》り向き俺を見上げてくる。

神秘的な緑の瞳《ひとみ》に少したれた目、鼻筋がすっと通った顔は何度見ても慣れないほどやっぱり可愛いんだよなあ。首が取れたり肌が冷たかったりするけど、見た目は誰が見ても可愛い女の子。

そんなことを考えながら、少しドキッとしながらも隣《となり》にしゃがんだ俺は、二本の線香花火に火をつける。

すると、すぐに線香花火からパチパチと小さな火花が出始める。

「綺麗《きれい》だね。勇人くん」

「うん」

咲さんはニコリと俺に微笑み、俺と線香花火を交互《こうご》に見つめている。その仕草と笑顔《えがお》が可愛くて、俺は思わず彼女に肩《かた》を寄せると、彼女は俺の肩に頭を乗せてくる。

それと同時に彼女の首の動きに合わせてアップにした髪が揺《ゆ》れ、彼女の髪からただようい香《かお》りが俺の鼻孔《びこう》をくすぐる。

「咲さん……」

「勇人くん……」

俺達はお互《たが》いの名前を呼び合うと、自然と見つめ合う。そのまま顔を寄せ……。

しかし、その時後ろからまばゆいばかりの光が差し込んできた。

何事かと思って振り返ると、マリーが光に包まれているじゃないか。

「ゆうちゃんー、全部燃えちゃったー！」

その様子に俺は笑い声をあげると、咲さんも口に手をあてクスクスと声をあげて笑う。

みんなでする打ち上げは本当に楽しいなあ。俺達はこんな様子で深夜まで宴会《えんかい》を行ったのだった。

◆◆◆

二週間後、俺達の温泉宿がテレビで放送されたんだ。俺達の宿は大絶賛され、ダントツの評価を得ていた。

そのことがあって、朧温泉宿の予約が倍増し飛騨高山でも屈指《くっし》の人気温泉宿にまでのし上がることが出来た。年配から子供まで訪《おとず》れ、カップルや不仲の夫婦《ふうふ》にはお土産《みやげ》の入浴剤《にゅうよくざい》「龍《りゅう》の血」が大好評で、乳製品や蜂蜜《はちみつ》のお土産もどの世代からも人気となっている。

食事については朝晩共にバイキング形式に変更《へんこう》した。お客さんが少ない日が稀《まれ》だし、バイキング形式にすればいろんな料理を食べてもらえるし、作る方も給仕《きゅうじ》の必要がないし、一品ずつ分ける必要もなくなり手間が減るから双方《そうほう》にとって嬉《うれ》しいやり方だと思う。

予約の入らない日が無いほどになったが、従業員も少なく、ダンジョンへ食材を獲りに行く時間も必要だから定休日を週に一回設けることになったんだ。いやあ、最初の頃《ころ》を考えると笑いが止まらない。

俺達の行った「温泉宿を立て直す」目標はここで達成されたと言っても過言ではないだろう。たった半年でよくここまでもっていけたものだと自分でも驚《おどろ》いているけど、これはダンジョンという食材の宝庫と咲さんら人外の力が凄《すさ》まじかったことが躍進《やくしん》の理由だろうな。

俺も一応いろいろアイデアを出したり、彼女たちに人間の常識を教えたりしたけど、料理以外では実際に動いたのは彼女達だ。

「勇人くん、お客様がお帰りになったわよ」

二部式着物を着た咲さんが俺へ微笑みかける。

「ありがとう、咲さん。毎日お客さんで一杯《いっぱい》だよな」

「うん、とっても嬉しい！　勇人くんが来てくれて本当によかった！」

咲さんは俺の腕《うで》を摑《つか》み、そっと体を寄せて来た。

「ゆうちゃんー、こっちも終わったよー」

マリーが両手を左右に元気一杯《げんきいっぱい》に振ってひまわりのような笑顔を俺へ向ける。

「……こっちも全部終わった……」

ユミがトミー姐《ねえ》さんと骸骨くんと共に顔を見せた。

「今日もみんなお疲《つか》れ様！」

俺の労《ねぎら》いの言葉に、咲さんがキラキラした瞳で問いかけてくる。

「勇人くん、次は何をするの？」

うーん、そうだなあ。ダンジョンでまだ見ぬ食材を集めたいな。肉は充実《じゅうじつ》したんだけど、穀物が全くないじゃないか！

「ダンジョン産の米があるんだったら採りに行きたいな。食事だと必ず出る食品だし、日本人の主食だからさ！」

「米でござるか……確か……六十階辺りにあったです」

「わーい、行こう行こうーゆうちゃんー」

俺はみんなの顔を一人ずつ見回し、告げる。

「よおし！　次は六十階だ！」

あとがき

はじめまして、作者のうみです！

このたびは、人外温泉宿を手に取っていただきありがとうございます。

この作品はカクヨムウェブコンテスト経由での書籍《しょせき》化させていただいたものになりますので、ウェブ小説版があったりします。

キャラクターや作品のコンセプトが全く異なりますので、本作と見比べてみるのも面白《おもしろ》いかもしれません。

本作はハーレムということもあり、ヒロインが三人います。

どのヒロインも人外ということで羞恥心《しゅうちしん》がなく、お色気な動きをしてくれて主人公の突《つ》っ込みが追い付かなくなる場面も多々ありました。

みなさんの琴線《きんせん》に触《ふ》れるヒロインはいましたでしょうか？　え？　骸骨くんですか？

それともうっしー？

と、冗談《じょうだん》はともかくとして、ご意見を聞かせていただけましたら嬉しいです。

人外温泉宿を書くきっかけになったのは、ウェブ小説仲間の焚《た》きつけからでした。私はこれまで割に堅《かた》めの男ばかりの作品が多く、一度女の子が出て来るお色気ものに挑戦《ちょうせん》してみては？　といったことから書き始めました。

書くに当たって、「普通《ふつう》の」女の子たちとイチャラブするのではおもしろくないと思い、浮《う》かんできたのが首が取れる女の子「咲《さき》さん」です。よおし、じゃあ、全員変わったキャラクターにしてしまえとマリー、クロが生まれたんです。

そしてお色気ならお風呂《ふろ》かなと安易な考えから、せっかくだったら舞台《ぶたい》自体をお風呂にしてしまえとなり、温泉宿を立て直すテーマが誕生しました。

実際書いてみると、キャラクターが勝手に動くわ、勇人《ゆうと》はすぐに桃源郷《とうげんきょう》に旅立ってしまうわと書いていてとても楽しかったです。


末筆にはなりますが、本作品を執筆《しっぴつ》するきっかけになりました相良一《さがらいち》さん、叶良辰《かのうよしたつ》さん、そして結城藍人《ゆうきあいと》さん、様々なアドバイスありがとうございました。

当作品のプロットから、アイデアまで手取り足取り親身になって相談してくださった編集さんへ感謝を。

そして、手に取りお読みいただいた全《すべ》ての読者の方、ありがとうございました。またお会いできる日を楽しみにしています。

うみ

格《かく》安《やす》温《おん》泉《せん》宿《やど》を立《た》て直《なお》そうとしたら
ハーレム状態《じょうたい》になったんだけど全《ぜん》員《いん》人《じん》外《がい》なんだ

著　うみ

角川スニーカー文庫　20769

2018年2月1日　初版発行

発行者　三坂泰二

発　行　株式会社KADOKAWA
〒102-8177 東京都千代田区富士見2-13-3
電話　0570-002-301（ナビダイヤル）

印刷所　旭印刷株式会社
製本所　株式会社ビルディング・ブックセンター

KADOKAWA　カスタマーサポート
[電話] 0570-002-301（土日祝日を除く11時～17時）
[WEB] http://www.kadokawa.co.jp/（「お問い合わせ」へお進みください）
※製造不良品につきましては上記窓口にて承ります。
※記述・収録内容を超えるご質問にはお答えできない場合があります。
※サポートは日本国内に限らせていただきます。

Printed in Japan　ISBN 978-4-04-106729-1　C0193

★ご意見、ご感想をお送りください★
〒102-8078 東京都千代田区富士見 1-8-19
株式会社KADOKAWA　角川スニーカー文庫編集部気付
「うみ」先生
「NANA」先生

[スニーカー文庫公式サイト] ザ・スニーカーWEB　http://sneakerbunko.jp/

角川文庫発刊に際して

角川源義

第二次世界大戦の敗北は、軍事力の敗北であった以上に、私たちの若い文化力の敗退であった。私たちの文化が戦争に対して如何に無力であり、単なるあだ花に過ぎなかったかを、私たちは身を以て体験し痛感した。西洋近代文化の摂取にとって、明治以後八十年の歳月は決して短かすぎたとは言えない。にもかかわらず、近代文化の伝統を確立し、自由な批判と柔軟な良識に富む文化層として自らを形成することに私たちは失敗して来た。そしてこれは、各層への文化の普及滲透を任務とする出版人の責任でもあった。

一九四五年以来、私たちは再び振出しに戻り、第一歩から踏み出すことを余儀なくされた。これは大きな不幸ではあるが、反面、これまでの混沌・未熟・歪曲の中にあった我が国の文化に秩序と確たる基礎を齎らすためには絶好の機会でもある。角川書店は、このような祖国の文化的危機にあたり、微力をも顧みず再建の礎石たるべき抱負と決意とをもって出発したが、ここに創立以来の念願を果すべく角川文庫を発刊する。これまで刊行されたあらゆる全集叢書文庫類の長所と短所とを検討し、古今東西の不朽の典籍を、良心的編集のもとに、廉価に、そして書架にふさわしい美本として、多くのひとびとに提供しようとする。しかし私たちは徒らに百科全書的な知識のジレッタントを作ることを目的とせず、あくまで祖国の文化に秩序と再建への道を示し、この文庫を角川書店の栄ある事業として、今後永久に継続発展せしめ、学芸と教養との殿堂として大成せんことを期したい。多くの読書子の愛情ある忠言と支持とによって、この希望と抱負とを完遂せしめられんことを願う。

一九四九年五月三日